影目付仕置帳

われ刹《せっ》鬼《き》なり

鳥 羽 亮

幻冬舎文庫

影目付仕置帳　われ刹鬼《せっき》なり

目次

風のない静かな夜だった。

武家屋敷の甍《いらか》の間から、朧月《おぼろづき》が淡いひかりを投げている。

四ツ（午後十時）すこし前。神田小川町、一ツ橋通りである。辺りに人影はなく、しっとりとした夜気が通りをつつんでいた。通りの両側には大身《たいしん》の旗本の武家屋敷がつづき、洩《も》れてくる灯《ひ》もなくひっそりと夜の帳《とばり》に沈んでいる。

通りの先に提灯《ちょうちん》の明りが見えた。その灯のなかに、三人の黒い影がぼんやりと浮かび上がっている。三人はせわしそうな足音とともに、一ツ橋御門の方へむかっていく。

旗本、吉崎欽兵衛《よしざききんべえ》の用人、栗田増次郎《くりたますじろう》だった。提灯を手にして栗田の足元を照らしているのが中間《ちゅうげん》の平助《へいすけ》、栗田にしたがっているのが若党の下山安之助《しもやまやすのすけ》である。

「栗田さま、すこし遅くなりましたね」

下山が背後から声をかけた。

「そうだな。急ごう」

栗田がいくぶん足を速めながら言った。

栗田たちは吉崎邸へ帰る途中だった。旗本屋敷の門限である五ツ（午後八時）は、とうに過ぎていた。門番の手をわずらわせ、くぐり戸から入れてもらわねばならない。ただ、門番には、遅くなるかもしれぬ、と伝えてあったので、寝入っていることはないだろう。

やがて、前方左手に吉崎邸の表門が見えてきた。吉崎家は五千石の大身であり、その身分に相応《ふさわ》しい豪壮な長屋門が夜陰を圧していた。

栗田たちが表門から半町ほどに近付いたとき、平助がビクッとして足をとめた。

「だ、だれかいやす！」

平助が喉《のど》のつまったような声を上げた。

前方の道端に老松が枝を伸ばしていた。その幹の陰に人影があった。平助の手にした提灯の灯に黒い人影がふたつ、ぼんやりと浮かび上がっている。

異様だった。ふたりとも黒装束で、双眸《そうぼう》だけがひかっている。黒い獣のようだった。黒覆面をしているらしい。

「な、何者だ！」

下山がひき攣《つ》ったような声を上げた。

すると、黒い人影が無言のまま栗田たちの方へ迫ってきた。獣を思わせるような俊敏な動きである。一瞬、栗田の目に、闇《やみ》が迫ってくるように映った。

ワアッ！　と平助が叫び、手にした提灯を人影の方に投げた。

瞬間、その人影の腰元から赤い刃光が疾《はし》った。抜刀した刀身が、提灯の灯を反射《はね》たのである。

次の瞬間、提灯が二つに裂け、人影の足元に落ちて燃え上がった。その炎のなかに、ふたつの人影がはっきりと浮かび上がった。

抜刀した男は焦茶の小袖《こそで》に黒袴《ばかま》、大刀を一本落とし差しにしていた。牢人体《ろうにんてい》である。もうひとりは黒の筒袖に黒のたっつけ袴。脇差《わきざし》を帯びている。武士なのか町人なのか、はっきりしなかった。

「祐房《よしふさ》さまの恨み！」

筒袖の男が叫びざま、脇差を抜いた。

ヒイイッ、と平助が喉のかすれたような悲鳴を上げて逃げだした。

「栗田さま、後ろへ！」

下山が抜刀し、栗田の前に飛び出した。下山は腕に覚えがあったのである。

牢人体の男は八相《はっそう》に構え、一気に下山の前に急迫した。同時に、筒袖の男も疾走した。迅《はや》い！　獲物に迫る二匹の黒い狼《おおかみ》のようである。

イヤアッ！

下山が甲声《かんごえ》を上げ、斬撃《ざんげき》の間境《まざかい》に迫った男に斬《き》り込んだ。

青眼《せいがん》から敵の真っ向へ。

鋭い斬撃だったが、切っ先は男の肩先をかすめて流れた。疾走してきた男は下山の切っ先に襲われる寸前、右手へ跳んだのである。

しかも、男は跳びざま八相から刀身を鋭く横に払っていた。

次の瞬間、下山の首がかしぎ、首根から血が噴いた。男の切っ先が下山の首を薙《な》いだのである。下山は血を撒《ま》きながらよろめいた。夜陰のなかに、血飛沫《ちしぶき》が音を立てて飛び散っている。

倒れた下山の脇に、男は血刀をひっ提げたまま立っていた。いつの間にか、燃え上がった提灯の火は消え、深い夜陰が辺りをとざしている。

もうひとり、闇のなかに立っている男がいた。筒袖の男である。

「栗田を仕留めたか」

牢人体の男がくぐもった声で訊《き》いた。

「ぬかりはない」

筒袖の男が低い声で答えた。男の脇に横たわっている人影があった。斃《たお》された栗田らしい。

「面倒だが、門前まで運ばねばならぬな」

「端《はな》からそのつもりだ」

そう言うと、筒袖の男は倒れている栗田の足の方へまわった。ふたりで、死体を運ぶつもりらしい。

ふたりの手で運ばれていく栗田の死体から、タラタラと血が滴り落ち、地面に黒い血の線を引いた。黒装束のふたりの男の身辺に、まとわりつくように血の濃臭がただよっている。

第一章　黒の刺客

1

「いい匂《にお》いですこと」

登勢《とせ》が顔をほころばせて言った。

「梅屋敷も見頃であろうな」

岩井勘四郎《いわいかんしろう》が、庭の隅に植えられている梅を見ながら目を細めた。梅は満開で、春の陽射《ひざ》しを浴びて白くかがやいている。

梅屋敷というのは亀戸にある梅園で、臥竜梅《がりようばい》と呼ばれる名木があることでも知られていた。

岩井がおだやかな春の陽射しに誘われ、縁先に出て梅を愛《め》でていると、妻の登勢が茶を持ってきて、ふたりで茶を飲みながらくつろいでいたのである。

岩井は三十九歳、登勢は二十九歳になる。夫婦には、九歳になる嫡男の佳之助《けいのすけ》、七歳になる長女、たまえがいる。いま、ふたりの子供は奥で手習いをしているはずだった。

岩井家は七百石の旗本だが、非役である。岩井は面長《おもなが》で鼻梁《びりよう》が高く、切れ長の目をしていた。能吏らしい面立ちなのだが、日溜《ひだ》まりでくつろいでいる顔には茫洋《ぼうよう》とした表情があった。日頃の無聊《ぶりよう》が顔に出たのかもしれない。

「そろそろ佳之助を、沼田《ぬまた》先生のところへ通わせようかのう」

岩井がつぶやくような声で言った。

沼田主膳《しゆぜん》は中西派一刀流の遣い手で、本郷に道場をひらいていた。岩井も子供のころから沼田道場に通い、一刀流を身につけたのである。すでに沼田は老齢だが、かくしゃくとしていた。門弟たちにも遣い手がそろい、多くの門人を集めていた。

いまは、岩井が暇にあかして佳之助に剣術の手《て》解《ほど》きをしているが、佳之助は父と同じ道場に通いたがっていたのだ。

「それがよろしゅうございますよ」

登勢も、佳之助が沼田道場に入門することに賛成していた。九歳では剣術道場に通うのはすこし早いが、岩井が同年齢のころから剣術を習っていたことを知っていたからである。

ふたりがそんな話をしていると、廊下に足音がし、青木孫八郎《あおきまごはちろう》が姿を見せた。青木は岩井家に長く仕える用人である。

「殿さま、西田《にしだ》さまがお見えでございます」

青木が笑みを浮かべて言った。

西田邦次郎《くにじろう》は老中首座、松平伊豆守信明《まつだいらいずのかみのぶあきら》の用人であった。ただ、表向きは岩井の碁敵《ごがたき》で、京橋に屋敷のある小普請《こぶしん》の旗本ということになっていた。むろん、青木も登勢も、西田の正体を知らない。青木が笑みを浮かべたのは、西田が碁を打ちに来たことを伝えたからであろう。

「客間に通してくれ」

岩井は腰を上げた。

「わたくしは、佳之助とたまえの様子でも見てまいりましょう」

そう言って、登勢も立ち上がった。

客間に行くと、西田が丁寧《ていねい》な物言いで時宜《じぎ》の挨拶《あいさつ》を述べた。四十がらみ、大柄で赤ら顔である。

「そこもとと打つのも、久し振りだな」

岩井は挨拶を終えると、くだけた口調で言った。

「はい、急に一手ご所望したくなりまして」

西田は笑みを浮かべて言ったが、岩井にむけられた目は笑っていなかった。

岩井は西田が松平信明の密命を伝えるために来ていることは承知していた。碁敵を装っているのは、信明とのつながりを家の者にも気付かれないためである。

岩井は信明の密命を受けて動く、影目付《かげめつけ》と呼ばれる者たちの頭目であった。

岩井は小普請になる前は、家禄《かろく》千石で御目付の要職にあった。ところが、三島九兵衛《みしまきゅうべえ》という旗本の不正を探索したおり、逆上した三島が岩井家の門前でいきなり斬りつけてきた。一刀流の遣い手であった岩井は、咄嗟《とっさ》に反応して三島の首を刎《は》ねてしまったのだ。

この件を、幕閣は怨恨《えんこん》による私闘と裁定し、岩井に切腹の沙汰《さた》が下された。それを救ったのが、信明である。

信明は自邸に岩井を呼び、

「そちには、一度死んでもらわねばならぬ」

と前置きした上で、表舞台から身を引くよう話し、

「向後《こうご》は、影目付として生きよ」

と、命じたのである。

任務は町方や火盗改《かとうあらた》めに手の出せぬような犯罪をひそかに探索し、闇で始末することだという。その後、岩井はひそかに影目付を組織し、その頭目として動いてきたのである。

岩井と西田は対座して、碁を打ち始めた。

「明日、拙宅に平松《ひらまつ》さまがお見えになり、久し振りに碁を打つことになっております」

碁盤を見つめながら西田が何気なく言った。

「ほう、平松さまが」

平松というのは、松平を逆様《さかさま》にした名である。他人に聞かれてもいいように岩井と西田の間では、逆様の名を使うことにしてあったのだ。

「平松さまは、ぜひ、岩井さまにもお越しいただきたいとおおせられておりましたが」

そう言って、西田が黒石をピシャリと打った。

内密に話したいことがあるので、松平家の上屋敷まで来い、ということである。何か、事件があったのであろう。

「ぜひ、うかがいましょう」

岩井がそう言って、白石を打った。

「平松さまも、お喜びのことでございましょう」

西田はこともなげに言った。

「それで、何刻《なんどき》ごろがよろしいのかな」

「七ツ（午後四時）は、いかがです」

「承知した」

どうやら、信明は早めに下城して岩井と会うつもりのようだ。

それから、西田は一刻（二時間）ほどして、腰を上げた。一応、岩井が勝ったのだが、ふたりとも碁を打つ気などなかったので、勝負はどうでもよかったのである。

「それでは、明日、お待ちしております」

そう言い残して、西田は岩井家を辞去した。

2

松平家上屋敷は、呉服橋御門を渡った先にあった。岩井が七ツすこし前に屋敷へ行くと、表門の前に西田が立っていて、すぐに屋敷内に招じ入れてくれた。

「ここで、お待ちくだされ」

西田は、信明との密会場所に使われている奥の書院に通してくれた。

座敷に座していっとき待つと、廊下を歩くせわしそうな足音がして信明が姿を見せた。下城後、着替えたらしく、袖無しに小袖というくつろいだ格好だった。

岩井が低頭して挨拶を述べると、

「堅苦しい挨拶は抜きでよい。楽にいたせ」

そう言って、信明は笑みを浮かべながら岩井に目をむけた。おだやかな顔だが、岩井を見つめる目には能吏らしい鋭いひかりがあった。

「実は、そちに探ってもらいたいことがあってな」

信明が声を落として言った。笑みは消えている。その物言いには幕府の舵《かじ》を取る重鎮らしい重いひびきがあった。

「ハッ」

岩井はちいさく頭を下げた。

「御側衆《おそばしゅう》の吉崎欽兵衛を知っておるか」

「ご高名は、かねがね耳にしております」

面識はなかったが、吉崎のことは知っていた。五千石の大身で、御側衆の要職にあった。八人いる御側衆のなかでも吉崎は英明と噂《うわさ》され、信明の懐《ふところがたな》刀と目《もく》されている人物である。

なお、御側衆は将軍に近侍する役職で、御側御用取次の下にいて、老中や若年寄の書類を将軍に取り次ぐ役である。待遇は老中並で将軍に近侍していることもあり、大変な威勢があった。

「そちは知るまいが、五日前、看過できぬ事件が出来《しゅったい》いたしてな。わしとしても、放ってはおけず、そちに頼むわけだ」

信明が岩井の方に膝《ひざ》を進めて言った。

「事件とおおせられますと」

「吉崎家の用人、栗田増次郎と若党の下山安之助が何者かに斬殺されたらしい。わしは吉崎から聞いただけなので、子細は分からぬがな」

そう前置きして、信明が事の顚末《てんまつ》を話した。

五日前の夜、栗田は下山と中間の平助を連れて、柳橋の浜季屋《はまきや》という料理屋に出かけたという。

陸奥国《むつのくに》、高館藩《たかだてはん》七万石の江戸留守居役、三浦長門之輔《みうらながとのすけ》と会うためであった。ただ、特別な用件があったわけではなく、高館藩側の饗応《きょうおう》と情報交換だったらしい。

高館藩は二年前、藩主が病《やまい》に臥《ふ》したことから、世継ぎ問題をめぐって藩内に騒動が持ち上がった。嫡男の鶴松《つるまつ》十一歳を担ぐ一派と、鶴松が若いという理由で藩主の弟、祐房を担ぐ一派が対立したのである。

そうした騒動を知った幕閣のなかに、高館藩の騒動を看過せず処断すべしとの意見が持ち上がった。

信明はひそかに高館藩の内情を探り、高館藩は嫡男の鶴松が継ぐべきであると判断し、鶴松を推《お》す高館藩の江戸家老、長谷川尚昭《はせがわまさあき》と会い、幕府の意向を伝えて鶴松に家を継がせて騒動を収めたのである。

信明が介入して鶴松に家を継がせた理由はいくつかあった。まず、よほどのことがなければ嗣子《しし》が継ぐべきであること、祐房を担ぐ家臣は一部で、重臣の多くが鶴松を推していたこと、さらに、幕府としても御家騒動を理由に藩をつぶすような高圧的な処断は回避したかったことなどによる。

その後、高館藩は何か事があると、信明を頼るようになった。ただ、高館藩の重臣が直接信明に接触したり家臣と会ったりするのは露骨過ぎるし、幕政の舵を取る信明としても一大名に特別な肩入れをするわけにもいかなかったので、多くの場合、信明の腹心である吉崎を通すことが多かったのだ。

そうしたこともあって、高館藩の留守役と吉崎家の用人が会うこともあったのである。

信明は、いままでの経緯《いきさつ》をかいつまんで岩井に話した後、

「吉崎家の用人が料理屋の帰りに何者かに斬殺されたわけだが、辻斬《つじぎ》りや物盗りの仕業ではない。ふたりの死体が屋敷の門前まで運ばれていたのだ」

そう言って一呼吸置き、さらにつづけた。

「しかも、門扉にな、ふたりの血で、天誅《てんちゅう》と書かれていたそうだ」

「天誅でございますか」

思わず、岩井が聞き返した。

「そうだ。それに、平助なる中間がその場から逃げていてな。平助がもうすには、賊のひと

りが、祐房さまの恨み、と叫んだそうだ」

「すると、高館藩の世継ぎにかかわって」

岩井は、鶴松君が高館藩を継いだことに不満を抱《いだ》いた祐房派の家臣たちが、その恨みを晴らすために吉崎家の用人を斬殺したのではないかと思ったのだ。

「そう思うのが当然だが、わしは腑《ふ》に落ちぬ。わしの家臣を討つなら分からなくもないが、吉崎家の家臣を討つのでは的が外れておるではないか。それに、高館藩の騒動は丸く収まってな、祐房を担いだ者たちの処分も穏便だったと聞いておる」

信明によると、鶴松が家を継いだ後、祐房には七千石ほど分知して家を興させたという。また、祐房を担いだ家臣たちの処分もごく軽く、せいぜい逼塞《ひっそく》か隠居の沙汰だったそうである。

「ただ、祐房の近習《きんじゅ》だった家臣のなかに、鶴松君が高館藩を継いだことに不満を持ち、脱藩して国許《くにもと》から江戸へ出た者が三人いるそうだ」

「出奔者が三人」

「そうだ。ただ、その者たちが、此度《こたび》の事件にかかわったかどうかは不明だ」

信明は、出奔者のことも探らねばならぬな、と言い添えた。

「伊豆守さま、平助は賊を見ているのでございますか」

岩井が声をあらためて訊いた。見ていれば、高館藩を脱藩した者かどうかも見当がつくのではないかと思ったのだ。

「そのようだ」

「何人でございます」

「ふたりだともうしているようだが……」

岩井は語尾を濁した。はっきりしないのかもしれない。

「賊の身装《みなり》のことを、お聞きでございますか」

岩井は、その身装から藩士かどうか分かるだろうと思った。

「それがな、暗がりで、全身黒ずくめであったため、はっきりせぬようなのだ」

「黒ずくめ……」

高館藩の家臣ではないかもしれない。

「黒覆面をしていたらしい。それに、ふたりとも腕は立つようだ」

信明が言った。

早朝、吉崎家の家臣が門前に横たわっている下山と栗田の死体に気付き、すぐに屋敷内に運び入れて死体を検分したという。

「殺されたふたりは、いずれも一太刀《ひとたち》で斃されていたようだ」

栗田は心ノ臓を突かれ、下山は首を刎ねられていたという。

「手練《てだれ》のようでございます」

栗田と下山の腕のほどは分からなかったが、いずれにしろ下手人は一太刀で首を刎ね、心ノ臓を刺して仕留めたのである。遣い手とみてまちがいないだろう。

「吉崎家では内済にするため目付筋にも届けず、家中《かちゅう》でふたりの死体は始末したようだが、わしにはこのままで済むとは思えんのだ」

信明はそう言って視線を膝先に落とした。その顔に憂慮の翳《かげ》が浮いている。

いっとき、信明は黙考していたが、顔を上げて言った。

「いずれにしろ、此度の一件は公儀で始末するのはむずかしい」

「いかさま」

幕府の御目付が探索する筋の事件ではない。かといって、町方や火盗改めにも手が出せないだろう。

「岩井、事件の背後に何があるのか、探ってくれい。わしは、出羽《でわ》や板倉《いたくら》が背後にいるような気がしてならぬのだ」

信明が重い声で言った。

水野《みずの》出羽守忠成《でわのかみただあきら》は現在若年寄で、将軍家斉《いえなり》の寵愛《ちょうあい》を受け、近年急速に力をつけていた。まだ、老中である信明より身分は低いが、いずれ老中に抜擢《ばってき》されると目され、信明に敵対する勢力の旗頭でもあった。

板倉重利《しげとし》は将軍に近侍する御側衆で、忠成の懐刀とみられている男である。

忠成と板倉は幕政の舵を取っている信明に反目し、何か事があると将軍に讒言《ざんげん》して信明の失脚をたくらんでいるのだ。

「承知いたしました」

岩井も、世継ぎに不満を持った高館藩士の恨みを晴らすだけの犯行ではないような気がした。

「頼むぞ」

そう言うと、信明は背筋を伸ばして手をたたいた。

すると、廊下を歩く足音がし、袱紗《ふくさ》包みをかかえた西田があらわれた。いつものように表情のない顔をしている。西田は袱紗包みを信明の膝先に置くと、無言のまま座敷から出ていった。

「これは、いつもの手当てだ。配下の者に配るがよい」

信明は袱紗包みを岩井の膝先に押し出しながら言った。

包みのなかには、切餅《きりもち》が入っている。その膨らみから見て、三百両ほどありそうである。

「頂戴《ちょうだい》いたします」

岩井は袱紗包みをおしいただいた。

この金は影目付の軍資金であり、配下の者たちの俸給でもあった。

3

京橋、水谷町に亀田屋《かめだや》という献残屋《けんざんや》があった。献残屋は不要になった進物や献上品を買い集め、必要な者に売る商売である。いわば、贈答品の再利用だが、何か事あるごとに進物や献上が頻繁に行われたこの時代には、なくてはならない商売であった。

亀田屋の店舗の裏手に離れがあった。そこに、六人の人影があった。岩井を上座に置き、五人の男が岩井に膝をむけて座している。亀田屋の主人茂蔵《しげぞう》、黒鍬《くろくわ》の弥之助《やのすけ》、牢人の宇田川《うだがわ》左近《さこん》、同じく牢人の加藤峰次郎《かとうみねじろう》、無宿人の深谷《ふかや》の喜十《きじゅう》である。五人は、いずれも岩井の配下の影目付であった。もうひとり、お蘭《らん》という芸者も影目付だったが、この場にはいなかった。

亀田屋は三方を板塀でかこまれていたが、店の脇の細い路地をたどると奉公人に見咎《みとが》められることなく出入りできる枝折《しお》り戸があり、そこから裏手の離れに出入りできるため、いい密会場所だった。そのため、影目付たちは離れに集まることが多かった。

岩井は五人の男に信明から聞いた話を伝えた後、

「まず、平助なる中間からその夜の様子を聞かねばなるまいな」

と、言い添えた。

「それは、手前が」

茂蔵が言った。

茂蔵は四十がらみ、丸顔で大きな福耳をしていた。いかにも人の好さそうな福相の主である。六尺近い偉丈夫で腕と首が異様に太かった。柔術と捕手《とりて》を主に編まれた制剛《せいごう》流の達人で、岩井の片腕でもあった。

茂蔵は亀田屋を始める前は、黒木《くろき》与次郎《よじろう》という黒鍬頭《がしら》だった。黒鍬者は諸大名の登城のさい、江戸城の門前で行列の整理などにあたるが、黒木の配下の黒鍬者が大名の家臣と行列の順序のことで諍《いさか》いを起こした。そのとき、喧嘩《けんか》をとめに入った黒木は相手の理不尽な言い分にカッとなって、殴りつけてしまった。

怪我《けが》を負わせたわけではなかったが、後日、大名家側が天下の大道で辱《はずかし》めを受けたことはわが家の威信にかかわると幕府に訴え出て、黒木に断罪を迫った。

このことを知った岩井が、黒木を江戸から逃がし、その後逃走先で抵抗した黒木を斬殺したと幕府に届けた。

岩井は黒木の制剛流の腕を惜しんだのである。相手を生け捕りにしたいときや素手で敵地に乗り込むときなど、茂蔵ほど役に立つ男はいなかったのだ。

ほとぼりが冷めたころ、岩井は黒木を江戸に連れもどし、茂蔵と名を変えさせて影目付のひとりにしたのである。

「あっしらは、何をやりやしょう」

深谷の喜十が訊いた。

喜十は影目付のなかでも異色だった。二十五歳、一匹狼の博奕《ばくち》打ちで、中山道深谷宿近くで生れ育ったことから、深谷の喜十と呼ばれていた。頰《ほお》に刀傷があり、剽悍《ひょうかん》そうな顔付きをした男だった。

喜十は中山道の鴻巣《こうのす》宿の親分の家に草鞋《わらじ》を脱いだとき、一宿一飯の恩義から、対立している一家との喧嘩《でいり》にくわわり、相手の親分の倅《せがれ》を斬ってしまった。その喧嘩で、喜十が草鞋を脱いだ親分が負けて縄張りから追われたため、喜十は相手の子分たちに命を狙《ねら》われる羽目になったのである。

喜十は江戸へ逃げてきたが、浅草諏訪《すわ》町で追っ手につかまり、五人の男に取りかこまれた。喜十は長脇差を抜いて応戦したが、喧嘩慣れした五人の男にはかなわなかった。あわやというとき、ちょうど通りかかった岩井に助けられたのである。

「喜十とやら、行く当てはあるのか」

岩井はそう訊いた。

「いえ。あっしは親も子もねえ流れ者でしてね」

事実そうだった。生れ育ったのは武州《ぶしゅう》深谷宿近くの水飲み百姓の家だった。喜十が家を飛び出した数年後の飢饉《ききん》のおり、妹は女衒《ぜげん》に売られ、父親は百姓仕事の無理がたたって病で死に、母親は首をくくって死んだ、と旅の空で聞いていた。肉親はおろか、喜十のことを気にかけるような親戚《しんせき》もいなかったのである。

「そうか。ならばおまえも一度死なぬか」

「どういうことです？」

喜十は怪訝《けげん》そうな顔をして岩井を見た。

「わしも、一度死んだ亡者なのだ」

岩井は、己が影目付と呼ばれる闇に棲《す》む者であることを話した。

このとき、岩井は、この男なら江戸の闇の世界を探るのに使える、と踏んだのである。

「おもしれえ」

喜十は夜禽《やきん》のように目をひからせた。

その後、喜十は影目付のひとりとして、岩井の命《めい》で動くことになったのである。

岩井は喜十と弥之助に目をやり、

「ふたりで、高館藩の様子を探ってくれ。愛宕下《あたごした》の上屋敷の近辺で聞き込めば、家中の様子が知れよう」

岩井は、鶴松派と祐房派の対立がその後どうなったか知りたかったのである。

「おれたちはどうします」

加藤が訊いた。

加藤は三十半ば、眉が濃く、頤《おとがい》が張ったいかつい顔をしていた。出自は御家人の冷や飯食いだが、子供のころから神道無念《しんとうむねん》流の道場に通い、出色の腕であった。

ところが、数年前、酔った勢いもあって、日頃反目していた同門の者を斬殺してしまった。このことで、加藤の人生は暗転した。すぐに道場は破門となり、家にも居られなくなって飛び出してしまった。

加藤は口を糊《のり》するために、日傭《ひよう》取りから賭場《とば》の用心棒まで、金になることなら何でもやった。日に日に暮らしぶりは荒《すさ》み、賭場や岡場所にも足を運ぶようになった。そして、辻斬りにも手を出すようになったのである。

その夜、加藤はたまたま通りかかった岩井を狙った。岩井のゆったりとした物腰から、懐が温かいと踏んだのである。

ところが、岩井の剣は加藤を圧倒した。籠手《こて》を斬られて刀を取り落とし、切っ先を突き付けられた加藤は、

「とどめを刺せ！」

と言って、その場に座した。

すると、岩井は刀身を加藤の首筋に当て、

「うぬの首は、わしが刎ねた。向後は、亡者として闇に生きよ」

と言って、影目付にくわえたのである。

「加藤と左近は、むずかしいかもしれぬが、栗田と下山を斬ったふたりを探ってみてくれ。高館藩の家臣ではないような気がするのでな」

岩井が言った。

「承知」

加藤が答えると、左近は無言でうなずいた。

4

「痛い！　髭《ひげ》を引くな」

合田馬之助《ごうだうまのすけ》は声を上げた。

だが、怒った様子はなく、へらへらと笑っている。

合田の腹の上に乗った庄助《しょうすけ》が合田の髭を引っ張ったのだ。庄助は合田の嫡男で、七つになる。

合田は巨漢だった。身の丈は六尺の余、腕や首が太く、腹は樽《たる》のように大きかった。熊のような大男なのだが、目が細く小鼻の張った丸い地蔵のような顔は、剽《ひょう》げた感じを与える。いや、間の抜けた感じといった方がいいだろう。

合田は滅多に怒ることはなく、いつも笑っている。子煩悩で、庄助と十三歳になる娘のふさにはことのほか甘かった。

今朝《けさ》も、合田より早く目を覚ました庄助は、まだ眠っている合田の腹の上に乗って、鼻をつまんだり、髭を引っ張ったりして遊んでいたのだ。

「父上、庄助といっしょに顔を洗ってきてください」

土間の流し場で、甲走った声がひびいた。ふさである。ふさは暗いうちから起き出して朝《あさ》餉《げ》の支度をしていたのだ。

合田の妻はおよしといい、三年前に流行病《はやりやまい》で亡くなっていた。およしは醜女《しこめ》だったが、やさしい心根の女で、献身的に合田に尽くしてくれたものだ。そのおよしが亡くなった後、ふさが妻の代わりに炊事洗濯などは引き受けていた。ふさは勝気で口うるさいが、根は家族思いでやさしく、嫌がらずに合田や庄助の世話もしてくれる。それに、顔はおよしに似ず、器量もまあまあなのだ。

「分かった」

合田はむくりと起き上がった。そして、急いで寝間着を着替え、夜具を畳んで座敷の隅に押しやり、庄助を連れて戸口から出ていった。

合田の住居は久兵衛店《きゅうべえだな》という棟割り長屋だった。ふだん、合田は共同の井戸まで出かけて顔を洗っていた。

家へもどると、朝餉の支度ができていた。めしと根深汁《ねぶかじる》、それにたくあんだけだったが、贅沢《ぜいたく》は言えない。それに、巨漢の合田は三人前食べねば、満腹にならなかったのだ。

「うまそうだな」

合田は目尻を下げて、食膳《しょくぜん》の前に座った。合田は腹一杯めしが食えれば、それで満足だったのである。

朝餉を終えた合田は、手ぬぐいを懐にねじ込み、

「行ってくるぞ」

とふたりの子供に言い置いて、戸口から外へ出た。

合田は牢人だが無腰だった。継ぎ当てのある袷《あわせ》に羊羹《ようかん》色のよれよれの袴。月代《さかやき》と無精髭が伸び、どこから見ても貧乏牢人そのものである。

久兵衛店は日本橋堀江町にあった。合田は狭い路地を通って日本橋川沿いの道に出ると、足を川下《かわしも》の方へむけた。合田は行徳河岸《ぎょうとくがし》にある根岸屋《ねぎしや》という廻船問屋に人足として雇われていたのだ。雇人ではなく、日傭取りである。

合田の仕事は、船荷の米俵や塩の入った叺《かます》などを桟橋から店の倉庫に担ぎ入れたり、通りまで運んで大八車に積んだりすることだった。強力《ごうりき》の合田にはもってこいの仕事で、根岸屋もふたり分の手間賃を出してくれた。

鎧ノ渡《よろいのわたし》と呼ばれる渡し場近くまで来ると、人通りが急に多くなった。この辺りは廻船問屋や米問屋などが多いせいか、印半纏《しるしばんてん》姿の奉公人、船頭、人足などが目についた。

人通りの多い渡し場付近を通り過ぎて、いっとき歩いたときだった。前から歩いてきた遊び人ふうの三人組のひとりが、路傍に積んであった叺をよけようとして、ひょいと脇へ跳んだ。

その拍子に肩先が合田の胸に当たり、大きくよろめいた。二十歳《はたち》そこそこの若い男だった。一瞬、男は合田の巨体に驚いたような顔をしたが、急に目をつり上げて、

「何をしやがる！」

と、怒鳴った。合田の間の抜けたような顔を見て、図体だけの木偶坊《でくのぼう》と思ったのかもしれない。

「これは、すまんことをした」

　合田は、いつものへらへらした笑いを浮かべて言った。

「やい、にやけた面《つら》してねえで、頭を下げろい！」

　若い男は嵩《かさ》にかかって怒りの声を上げた。そばにふたりの仲間がいたこともあり、図に乗ったようだ。

「突き当たってきたのは、おまえではないか」

　合田はおだやかな声で言った。

「なんだと！　てめえ、痛い目をみてえのか」

　若い男は右袖をたくし上げ、合田の襟《えり》をつかもうとして腕を伸ばした。

　そのとき、フッと合田の右手が若い男の袖口をつかみ、次の瞬間、巨体が沈んだように見えた。

　刹那《せつな》、若い男の体が空へ撥《は》ね上がり、地面に仰《あお》向《む》けにたたきつけられた。男は喉のつまったような呻《うめ》き声を上げ、仰向けのまま動かなかった。一瞬、何が起こったか分からなかったらしい。

いっときして、男は我に返ると、ひき攣ったような悲鳴を上げてその場から這《は》い逃れた。ふたりの仲間は、凍りついたようにその場につっ立っていた。合田のあざやかな手並に度肝を抜かれたらしい。

「案ずることはない。少々、痛いだけだ」

合田は満面に間の抜けたような笑みを浮かべ、乱れた襟元をなおすと、何事もなかったように歩きだした。

三人の男は蒼《あお》ざめた顔で、遠ざかっていく合田の巨体を見送っている。

合田と三人組のやり取りを、すこし離れた路傍に立って見ていた男がいた。

行商人であろうか。手甲脚半《てっこうきゃはん》に草鞋履きで、菅笠《すげがさ》をかぶり、風呂敷包みを背負っていた。歳《とし》のころは三十二、三。面長で、肌の浅黒い男である。肉をえぐり取ったように頬がこけていた。

男は小走りに合田に近付き、後ろから声をかけた。

「もし、お武家さま」

合田は足をとめて振り返った。

「おれのことか」

「さようでございます」

男は目を細めて愛想のいい笑みを浮かべた。

「何か用か」

合田は男の姿を目にし、こやつ、ただ者ではない、と察知した。ほっそりした体軀《たいく》だが、着物越しにも鋼のような筋肉が体を覆っているのが分かった。武芸で鍛えた体である。腰が据わり、立ち居にも隙《すき》がない。

「さきほど、見事なお手並を拝見いたしまして。柔術でございましょうか」

男は腰を屈《かが》めたまま訊いた。

「関口《せきぐち》流を少々な」

合田は歩きながら答えた。男は足並を合わせて跟《つ》いてくる。

関口流の流祖は、関口弥六右衛門氏心《やろくえもんうじむね》。関口は寛永十六年（一六三九）に紀州徳川家に仕え、その後関口流を紀州領内にひろめた男である。

合田が子供のころ住んでいた長屋のそばに、紀州藩の吉井《よしい》という関口流の達者な家臣が町宿《ちょうしゅく》していた。町宿というのは、藩邸内に入りきれない家臣が町内の借家などに居住することである。

吉井は借家の庭に江戸勤番の紀州藩士を集めて関口流を指南していたが、稽古《けいこ》の様子を眺めていた合田を目にし、

「ぼうず、やってみるか」

と、声をかけた。戯れだったが、吉井の胸には合田の子供とも思えない体軀に、柔術を仕込んでみたいとの思いも湧《わ》いたようなのだ。

それを機に、合田は関口流柔術の手解きを受けることになった。合田の動きには、巨軀と思えない敏捷《びんしょう》さがあった。技の呑《の》み込みも早い。しかも、稽古熱心だった。吉井は合田の上達ぶりに目を見張り、本気で合田に関口流柔術の精妙を伝授する気になった。

吉井の熱心な指導もあり、合田の上達は目覚ましかった。二十歳のころには、師である吉井もかなわなくなったほどである。

合田が二十二歳のとき、吉井は紀州へもどることになった。吉井は合田の腕を惜しみ、何とか紀州家へ仕官させようとして奔走したが、その願いはかなわなかった。

このころ、諸国の大名は財政難に苦しんでいたが、紀州家も例外ではなかった。柔術の腕が立つというだけで、仕官がかなうほどあまくはなかったのである。

吉井が帰国して数年後、手跡指南所の助手をしていた父が病で死に、合田は一家の暮らしを支えねばならなくなった。

そのとき、合田には妻のおよし、それに五つになる娘のふさがいた。柔術どころではなくなったのだ。

合田は来る日も来る日も日傭取りに出た。幸い、体力には自信があり、ひとりで三人分の荷を運ぶことができたので稼ぐ日銭も多く、何とか暮らしが立ったのである。

「どこへ行かれるのです」

跟いてきた男が訊いた。

「行徳河岸にな。船荷を運ぶ仕事にたずさわっておる」

合田はすこし足を速めた。すでに陽は高く昇り、これでは稼ぎがすくなくなると懸念したのである。

「どうです、その柔術の腕を生かしたら」

男が小声で言った。

「どういうことだ」

合田は足をとめた。

5

男は上目遣いに合田を見つめた。微笑が消えている。双眸が刺すように鋭い。

「それだけの腕を、このまま腐らせるのは惜しいと思いましてね」

「おまえは、何者だ」

ただの行商人ではなさそうだが、かといって武士とも思えなかった。

「てまえの名は、東次郎《とうじろう》。いずれ、正体はお分かりになりましょう」

「盗賊か」

「盗賊とは、これはまた」

東次郎はあきれたような顔をし、

「盗賊なら、そのような大きな体の方に声などかけませんよ。目立ってしかたがない」

と、言い添えた。

「もっともだな」

盗賊やならず者の用心棒といった類《たぐい》の話ではなさそうである。

「お武家さまのお名前は」

「おれの名は合田馬之助だ。……それで、おれの腕を生かすとはどういうことだ」

合田があらためて訊いた。

「それは、てまえの口からはもうせません。合田さまにその気があるなら、これからさるお方に会っていただきますが」

「うむ……」

合田はうさん臭い話だと思った。

「これだけはお約束できます」

東次郎はすこし語気を強めた。

「いずれ相応の石高で幕臣に仕官もかないますし、お望みであれば、町道場をひらくほどの援助もできます」

「ほう」

いまどき、めずらしい話だが、まんざら嘘《うそ》でもなさそうだった。

「話を聞いて断ったら」

「明日から、また行徳河岸に行かれればよろしいでしょう」

東次郎は抑揚のない声で言った。

「おもしろい話だ。そのお方に会ってみるか」

合田には、仕官の強い望みがあった。自分はこのままでもいいが、庄助とふさの将来を考えると、いつまでもその日暮らしの日傭取りをつづけているわけにはいかなかったのである。

「では、ご同行していただきます」

そう言うと、東次郎はきびすを返して、来た道を引き返し始めた。合田は黙って、東次郎にしたがった。

東次郎は日本橋川沿いの道をたどり、江戸橋を渡って八丁堀へ出た。なかなか足が速い。合田は遅れまいと大股《おおまた》で後についた。

町奉行所の与力の屋敷や同心の組屋敷などがつづく通りを抜け、京橋を渡ってさらに南にむかい、竹川町まで来ると、右手の路地へ入った。そして、町家のつづく通りをたどって愛宕下へ出た。大名屋敷のつづく通りをいっとき歩いてから、東次郎は路傍に足をとめた。

「ここです」

指差したのは、古刹《こさつ》の山門だった。

「寺か」

「真蓮寺《しんれんじ》ともうします。ここで、会っていただきます」

「住職か」

「いえ、われらのお頭でございます」

それだけ言うと、東次郎は先に立って山門をくぐった。

合田を連れていったのは、本堂の脇にある庫裏《くり》だった。東次郎は合田を戸口に近い座敷に招じ入れた。

東次郎が奥へ消え、いっとき待つと、複数の足音がして障子があいた。

東次郎をともなって姿をあらわしたのは、ふたりの武士だった。ひとりは頰隠し頭巾で顔を隠している。眼光の鋭い男だった。撫《な》で肩で胸が厚く、立ち居にも隙がなかった。身辺に剣の手練らしい威風がただよっている。羽織袴姿で拵《こしら》えのいい小刀を帯びていた。旗本か身分のある江戸勤番の藩士といった身装《みなり》である。

もうひとりは、ずんぐりした体軀で目の細い男だった。胸から腰にかけて丸太のようにどっしりしている。筒胴《つつどう》と呼ばれる、武芸の修行で鍛え上げた体である。この男は小刀のほかに黒鞘《くろざや》の大刀を脇に置いていた。使い込んだ感じのする大小である。

「それがしは、堂本惣十郎《どうもとそうじゅうろう》にござる」

ずんぐりした体軀の男が、低い声で言った。

「おれは合田馬之助」

合田は頭巾の男に目をむけながら名乗った。頭巾をかぶったままなのが、奇異に感じられたのだ。

すると頭巾をかぶった男が、すこし目を細め、

「すまぬな。ゆえあって、頭巾は取れぬ」

と、くぐもった声で言った。重いひびきのある声である。

「お名前をお聞かせいただけようか」

合田が訊いた。頭巾の主が、お頭と呼ばれている男とみたのである。

「名も伏せておきたい。いや、名は捨てたといった方がよいな。……われらは闇仕置と呼ばれておる」

「闇仕置……」

合田の顔から間の抜けたような笑いが拭《ぬぐ》い取ったように消えた。丸い顔がのっぺりした感じになり、細い目が刺すようにひかっている。

合田は、闇仕置という名から、陰湿で酷薄な闇の集団の感じを持ったのだ。

「われらは盗賊や謀反人《むほん》ではない。幕閣のさるお方の命にしたがい、闇のなかで仕置するのが任だ」

頭巾の男が合田を見つめながら言った。

「さるお方とは」

「それも言えぬ。ただ、そのお方は、近いうちに幕府の実権を握られるはずだ」

「…………！」

この男の言うことが事実なら大物である。何者か見当もつかなかったが、老中か若年寄であろうと思った。

「そのお方が幕政を掌握されれば、われらも闇の世界から表舞台に立つことができよう。恩賞は望みしだい。三、四百石の旗本なら仕官もかなうし、柔術の指南で生計《たつき》を得たいなら道場を建てる助勢もしてもらえよう」

「三、四百石の旗本！」

何とも大きな話である。合田は仕官さえかなえば、親子三人食っていけるだけの俸禄でじゅうぶんだと思っていたが、三、四百石の旗本だという。

「だが、容易な任ではないぞ。敵を斃すか、斃されるか。われらは、合戦の場にいると思ってもらいたい。すでに、わしも敵に斃され、一度死んでおる」

そう言った男の目が、細くなった。笑ったのかもしれない。

「敵というのは」

合田が訊いた。合田の胸に、敵対する者たちへの襲撃か、要人の暗殺ではないかとの思いがよぎった。

「江戸の闇に棲む亡者たち」

「亡者！」

「そうだ。きゃつらは自らを亡者と名乗り、殺戮《さつりく》をくりかえしておる」

男の声にかすかに怒りのひびきがくわわった。

どうやら、尋常な勝負や戦いではないようだ。この男の話が事実なら、幕閣の勢力争いにかかわっているようである。あるいは、御庭番のような隠密《おんみつ》組織の闇の戦いなのかもしれない。

「やろう」

合田は声を上げた。

殺しても、罪人として咎められることはなさそうである。それに、身につけた関口流柔術を実戦の場で存分にふるうことができそうだ。

「そうか」

男はひとつうなずいた後、

「しばらくの間、ここにいる堂本の指図にしたがってくれ」

と、声をやわらげて言った。堂本が男の片腕のような存在らしい。

すると、堂本が合田の方に膝を進め、

「しばらく、いまの暮らしをつづけてくれ。分かっていようが、他言無用にな」

そう言って、懐から財布を取り出し、当座の暮らしの足しにするがいい、と言って、合田の膝先に十両置いた。

それを見た頭巾の男は、

「堂本、後を頼んだぞ」

と言い置いて、腰を上げようとした。

「待ってくれ」

合田が声をかけた。

「何と呼べばいい。お頭か」

合田は、名前はともかく呼び方だけでもはっきりさせたかった。

「そうよな、お頭でよかろう」

頭巾の男はそう言ったが、すぐに、

「わしはな、己を鬼と思っておる。亡者どもを地獄へ落とす闇の刹鬼《せっき》だ。それゆえ、刹鬼と呼んでもかまわぬ」

と、言い添えた。男の声には、臓腑を揺すぶるような重く残忍なひびきがくわわっていた。

「刹鬼……」

合田は言葉を呑んだ。

6

ふたりの武士が京橋を渡り、東海道を南にむかっていた。陽は沈み、街道筋は淡い暮色につつまれている。日中は賑《にぎ》やかな街道も、いまは人影がまばらで、通りに面した店は表戸をしめていた。

ふたりは羽織袴姿で二刀を帯びていた。江戸勤番の藩士らしい。迫りくる夕闇にせかされるように足早に歩いている。

高館藩の御使番、狩田《かりた》信右衛門《しんえもん》と徒目付《かち》の青山孫太夫《あおやままごだゆう》である。御使番は使者役で、外部との交渉にあたる留守居役に属している。一方、青山は剣術の腕が立つことから狩田の護衛役についたのである。

ふたりは、小川町にある吉崎邸へ出かけた帰途だった。狩田は三浦の命を受け、吉崎家の用人と三浦との面会を実現するための交渉に行ったのである。それというのも、吉崎家の用人だった栗田が殺害された後、高館藩と吉崎家との接触がとだえていたからである。

交渉はうまくいった。沖崎敬介《おきざきけいすけ》という別の用人が、狩田と会い、後日、あらためて三浦どのにお会いしたい、との色よい返事をもらったのだ。

「狩田さま、暗くなってまいりました」

青山が後ろから声をかけた。

「急ごう」

藩邸の門限のこともあったが、狩田の胸に、栗田や下山と同じように何者かに襲われるのではないかとの懸念がよぎったのである。

ふたりは、街道から右手の路地へ入った。そこは竹川町である。愛宕下の上屋敷に行く近道だった。夕闇につつまれた通りに人影はなく、店仕舞いをした表店《おもてだな》がひっそりと軒をつらねている。

「狩田さま、だれか来ます」

青山が小声で言った。声に昂《たかぶ》ったひびきがあった。

「な、何者だ」

狩田は、ギョッとした。

背後にふたりの姿が見えた。異様な風体である。ふたりとも、黒っぽい装束で身をかため、菅笠をかぶって顔を隠していた。熊を思わせるような巨漢とほっそりした中背の男だった。巨漢は無腰、中背の男は脇差を帯びている。

ふたりは地をすべるように走ってくる。見る間に、狩田たちの背後に迫ってきた。

「われらを襲う気だ！」

青山がこわばった顔で言った。

通りに他の人影はなかった。狩田たちを狙っているのは、まちがいなかった。

「に、逃げよう」

狩田が声を震わせて言った。

「逃げられませぬ」

ふたりの足は速かった。すでに、十間ほどの距離に迫り、地を蹴《け》る足音がすぐ背後に聞こえてきた。

「狩田さま、ここは拙者が！」

言いざま、青山は反転して抜刀した。この場で迎え撃ち、狩田だけでも逃がすつもりらしい。

それを見た背後のふたりは、左右に分かれ、巨漢が青山の前に立った。もうひとりの男は、まわり込むように距離を取って狩田を追う。迅い。野犬を思わせるような疾走である。

「うぬら、何者だ！」

青山が甲走った声で誰何《すいか》した。

「問答無用」

巨漢が、かぶっていた菅笠を路傍に放り投げた。黒布で頰《ほ》っかむりし、顔を隠している。黒の筒袖に羊羹色の袴。両手を前に突き出すようにかざして身構えた。細い目が射るように青山を見すえている。その姿が、夕闇のなかで黒い巨熊のように見えた。

「素手で、くるというのか」

青山の顔が奇妙にゆがんだ。不気味さと同時に、屈辱も感じたらしい。

巨漢は両手を前にかざしたまま間合を狭《せば》めてきた。

青山は素手の男に、巨岩が迫ってくるような威圧を感じた。それでも引かず、全身に気勢を込め、自分からも身を寄せていった。素手なら、勝てると踏んだのである。

ふたりの間合は一気に狭まり、巨漢が無造作に斬撃の間境を越えた。

イヤアッ！

鋭い甲声を発し、青山が踏み込みざま真っ向へ斬り込んだ。

刹那、フッと黒い巨体が脇へ跳んだ。

次の瞬間、青山の切っ先は空を切った。伸ばした腕の袖口をつかまれたと感じた一瞬、青山の体は空中に撥ね上げられていた。

青山は自分の体が頭から落ちていくのを感じた、その瞬間、頭を雷に打たれたような衝撃がはしった。青山の意識があったのは、そこまでである。

巨漢は青山が絶命したことを確かめると、駆けだした。半町ほど先の夕闇のなかに立っている人影が見えた。狩田と後を追った中背の男である。

そのとき、にぶい刃光が疾り、ふたりの体が交錯した。

ギャッ！　という絶叫が上がった。

狩田がたたらを踏むようによろめき、腰からくずれるように闇のなかに倒れた。中背の男が倒れた狩田のそばに近寄り、屈み込んだ。暗くてはっきりしなかったが、とどめを刺したようである。

……仕留めたようだな。

そうつぶやくと、巨漢は走るのをやめ、大股で中背の男のそばに近寄った。

「そっちはどうだ」

中背の男がくぐもった声で訊いた。

「始末がついた」

「長居は無用」

そう言うと、中背の男は路傍に落ちている菅笠をかぶり、足早にその場を離れた。巨漢が慌てた様子で跟いていく。

7

「旦那《だんな》さま、竹川町で人が殺されてるそうですよ」

万吉《まんきち》が、茂蔵に身を寄せて小声で言った。

万吉は亀田屋の奉公人で、下働きをしている。老齢で、鬢《びん》や髷《まげ》には白髪が目立ち、腰もすこしまがっていた。

亀田屋には万吉の他に四人の奉公人がいた。番頭の栄造《えいぞう》、来客に応対して進物や献上品の売買にあたる利吉《りきち》と音松《おとまつ》、それに女中のおまさである。

五人の奉公人のなかで万吉だけが、茂蔵の正体を知っていた。万吉は茂蔵が黒木与次郎という名の黒鍬頭だったころから下働きとして仕え、いまも茂蔵の手先として動いていたのである。

「町人かい」

茂蔵は献残屋のあるじらしい物言いで訊いた。茂蔵がいたのは奥の座敷で、他の奉公人の姿はなかったが、どこに他人の耳があるか知れなかったからである。

「お武家がふたりで」

万吉はさらに声をひそめて言った。

「ほう、お武家かね。それで、殺されていたのは御家人かな」

「それが、お大名のご家来のようですよ」

万吉は、近所の者が話しているのを聞きやした、と言い添えた。

「ちょうど、手がすいてるし、行ってみようかね」

茂蔵は、高館藩の家臣ではないかと思ったのである。それに、亀田屋のある水谷町から竹川町まで、それほどの距離ではなかったのだ。

五ツ（午前八時）ごろだった。京橋から新橋へつづく東海道は賑わっていた。旅人、駄馬を曳《ひ》く馬子《まご》、ぼてふり、仕事場にむかう職人などが行き交っている。

茂蔵は足早に歩いたが、万吉は遅れずに跟いてきた。背を丸めて頼りなげに歩いているが、足腰は丈夫で、けっこう速かった。

竹川町へ入ると、万吉が先にたった。万吉は竹川町をしばらく歩いてから右手の路地へ入った。表店はひらいていたが、街道とちがって人影が急にすくなくなった。

「旦那、あそこで」

万吉が足をとめて指差した。

路傍の二か所に人だかりがしている。どうやら死体は別々にあるらしい。集まっている者たちは、店者《たなもの》、職人、長屋の女房、子供など近所の住人が多いようだが、岡っ引きらしい男と八丁堀同心の姿もあった。

……楢崎《ならざき》さまだ。

八丁堀同心は北町奉行所、定廻《じょうまわ》り同心の楢崎慶太郎《けいたろう》だった。茂蔵は事件の現場で、何度か楢崎と顔を合わせていたのである。

茂蔵は手前の人垣の後ろについて、肩越しになかを覗《のぞ》いた。羽織袴姿の男が横たわっていた。右手に抜き身の刀を持っている。斬り合った相手に、斬られたのであろうか。

……妙だな。

と、茂蔵は思った。

伏臥《ふくが》している男のどこにも血の色がないのである。付近の地面にも血の痕跡《こんせき》がなかった。茂蔵は、前から槍《やり》でででも突かれたのか、と思った。深い刺傷なら出血はすくなく、体の下に血痕が隠れている可能性もあった。

そのとき、死体のそばに屈み込んで検屍《けんし》をしていた楢崎が、首をへし折られてるぜ、とつぶやいた。

そう言われてみれば、死体の首が奇妙にまがっていた。それに、髷や鬢に土がついている。

……強力の主が首をへし折ったのか。

そう思ったとき、茂蔵は背筋を冷たい物で撫でられたような気がして鳥肌が立った。

……柔術だ！

と、茂蔵は胸の内で叫んだ。

何者かは知れぬが、男を担ぎ上げ、頭から落としたのである。その一撃で、男は首の骨を折られて絶命したのだ。

恐るべき手練である。刀を持っている武士を投げ上げ、一瞬のうちに斃したのだ。茂蔵は制剛流の達者だったので、下手人の腕が分かったのである。

茂蔵はその場から離れ、もうひとつの人垣の方にむかった。

こちらも羽織袴の武士だった。やはり、刀を持ったまま倒れていたが、着物の胸部がどっぷりと血を吸っていた。刃物で刺されたことは一目で知れた。首筋にも傷があった。胸の傷はとどめかもしれない。

……下手人はふたりか。

ふたりが、別人の手にかかったことは明らかだった。

茂蔵がふたり目の死体を見ているとき、数人の武士が二挺《ちょう》の駕籠《かご》をともなって小走りに近寄ってきた。幕臣ではなく、大名家の家臣のようだった。いずれも、こわばった顔付きをしている。

「そこを、どけ！」

先頭に立った男が、怒鳴り声を上げた。

駆け寄ってきた武士集団の殺気立った雰囲気と剣幕に、集まっていた野次馬たちは悲鳴を上げて四散した。

その様子を見た楢崎と数人の手先が、バラバラと駆け寄ってきた。

「何を、なされる」

楢崎がこわばった顔で言った。

「死体はわれらが引き取る」

武士集団の先頭にいた初老の武士が、権高《けんだか》に言った。

茂蔵と万吉はその場から身を引き、すこし離れた路傍に立って武士集団と楢崎のやり取りに耳をかたむけた。

初老の武士が、楢崎と何やら話していた。はっきりとは聞き取れなかったが、ときおり昂った声が届き、やり取りの見当はついた。

駆け付けた武士集団は、高館藩の家臣だった。殺されているふたりも、高館藩の家臣らしい。

初老の武士は、家中の者同士の立ち合いゆえ、町方の探索は無用、このままふたりの死体を引き取らせてもらう、と訴えているようだ。それに対し、楢崎は、町人地の事件であり、下手人を探索したい、と主張しているようだ。

そのとき、初老の武士が、探索は勝手だが、死体は刀にかけても引き取る、と声高《こわだか》に叫んだ。癇癪《かんしゃく》を起こしたようである。その剣幕に圧倒されたのか、これ以上面倒に首をつっ込みたくないと思ったのか、楢崎が折れたようだ。

初老の武士の指示で、武士たちが死体を駕籠に乗せ始めた。

「万吉、店にもどろう」

そう言って、茂蔵はその場を離れた。万吉が忠実な犬のように跟いてくる。

歩きながら茂蔵は、今度の高館藩の家臣を殺した者と、吉崎家の家臣を殺した者は同じ一味だと確信した。それに、下手人は別々のふたり組ではないかという気がした。すくなくとも、一味は四人以上いるのではないか。しかも、いずれも武芸の達者とみねばならない。

……容易ならざる敵だ。

と、茂蔵は思った。

第二章　関口流柔術

1

「番頭さん、出かけてきますよ」

茂蔵は、帳場で算盤《そろばん》をはじいている栄造に声をかけて店を出ようとした。

「旦那さま、万吉を呼びましょうか」

栄造が慌てた様子で腰を上げた。

茂蔵は外出するとき、万吉を連れていくことが多かった。栄造はひとりで出かけようとしている茂蔵を見て、気を利《き》かせたらしい。

「いいんですよ。今日は、これですから」

茂蔵は指先で碁を打つ真似《まね》をしてみせた。

「碁ですか。……ごゆっくりと」

栄造は満面に笑みを浮かべて茂蔵を送り出した。茂蔵は影目付の仕事で外出するとき、碁仲間のところへ行くと言って出ることが多かった。栄造も他の奉公人も、碁が茂蔵の道楽と信じ込んでおり、外出に不審をいだくようなことはなかったのである。

茂蔵は、高館藩の家臣を殺した柔術を遣う男のことが気になっていた。何とか正体をつきとめたかった。

その後の聞き込みで、首を折られて死んでいた男が青山孫太夫で、もうひとりが狩田信右衛門であることが分かった。ふたりは吉崎邸に出かけた帰途、何者かに襲われたようである。やはり、物盗りや辻斬りの仕業ではないようだ。吉崎邸の家臣と同様、何者かに暗殺されたとみていい。

茂蔵は、柔術を遣う男が分かれば、暗殺集団の正体も見えてくるのではないかと思ったのである。

茂蔵は赤坂新町へ足をむけた。茂蔵が若いころ制剛流を学んだ渋谷《しぶや》道場を訪ねるつもりだった。すでに、茂蔵に柔術と捕手術を教えてくれた師匠は亡くなり、いまは倅の渋谷伸三郎《しんざぶろう》が跡を継いでいるはずである。

茂蔵には、わずかな記憶だが心当たりがあった。渋谷道場で柔術の稽古をしていたころ、門弟たちとの談笑のなかに、柔術を遣う熊のような大男が、醜女を嫁にもらった、という話が出たのを覚えていたのだ。

熊のような大男と醜女の組み合わせがおかしく、茂蔵の記憶の隅に残っていたようだ。ただ、十年以上も昔のことで、大男と醜女の名は覚えていなかった。大男が何流のどこの門弟であったかも記憶になかった。

茂蔵は首を折られて死んでいる青山の姿を見た後、ふいに柔術を遣う熊のような大男の話が脳裏に浮かび、もしかしたらと思ったのである。

渋谷道場の門弟のなかに、その男のことを覚えている者がいるかもしれない、よしんば、覚えている者がいなかったとしても、あれだけの遣い手なら、心当たりのある者がいてもいいはずである、そう思って、茂蔵は赤坂新町に足をむけたのだ。

ただ、茂蔵は己の正体を明かすことはできなかった。すでに、黒鍬頭、黒木与次郎はこの世に存在しないのである。茂蔵は気付かれるとは思っていなかったが、念のために伸三郎や顔見知りの門弟に会わずに、他の門弟から話を聞くつもりだった。

渋谷道場はむかしと同じ場所にあった。米屋と瀬戸物屋の間の路地を入った突き当たりである。

道場は間口三間《げん》半ほどでそれほど大きくはなかったが、敷地はひろく、簡素な木戸門があった。

茂蔵は木戸門の脇に佇《たたず》み、話の聞けそうな門弟が出てくるのを待った。稽古の音はしなかったが、道場内から複数の男の声が聞こえてきた。稽古を終えた門弟たちが話しているらしい。

いっとき待つと、若侍がふたり戸口から出てきた。小袖に袴姿で、稽古着を小脇にかかえている。

見覚えのない顔だった。おそらく、ふたりとも、門弟だった黒木与次郎のことは知らないだろう。

「お武家さま、お伺いしたいことがありまして」

茂蔵は腰を折り、笑みを浮かべながら声をかけた。

「何かな」

長身の二十二、三歳と思われる男が、茂蔵に目をむけた。

「手前は、口入《くちい》れ屋をしております茂蔵ともうす者です」

茂蔵は、ふたりの若侍に歩調を合わせながら言った。

嘘言《きょげん》ではなかった。亀田屋は献残屋だったが、口入れ屋もかねていたのだ。口入れ屋は奉公人の斡旋《あっせん》業である。

「口入れ屋が何の用だ」

もうひとり、小柄でずんぐりした体軀の武士が訊いた。こちらはすこし年配で、二十代後半と思われた。

「実は、さるお店《たな》が、米俵を積んだ大八車をひとりで持ち上げるような力持ちを探しておりまして」

「そんな、強力がいるか」

長身の男がせせら笑って言った。

「それが、柔術をやっておられる方のなかに、いると聞いたのですよ。なんですか、熊のような大男で、米俵など片手で軽々と持ち上げるとか」

「うちの道場にはおらんぞ」

長身の男がすこし足を速めながら言った。相手になりたくないようである。

ところが、ずんぐりした体軀の男が、

「熊のような大男のことは聞いたことがあるぞ」

と、言いだした。

「ご存じですか」

茂蔵は足を速め、ずんぐりした体軀の男に身を寄せた。

「それほどの強力かどうかは、知らんがな」

「お名前が、分かりましょうか」

「名前か。聞いた気がするが、覚えておらんな」

男は素っ気なく言った。

「道場は分かりましょうか」

道場さえ分かれば、すぐに探し出せる。

「知らんな。……ただ、関口流で、道場は日本橋の浜町河岸の近くにあると聞いた覚えはあるが」

男は首をひねった。はっきりしないらしい。

「さようでございますか」

茂蔵は礼を言って、足をとめた。それだけ分かれば、何とかつきとめられそうである。

その日は亀田屋にもどり、翌朝、出直した。浜町河岸沿いの道を歩き、目についた酒屋で柔術道場のことを訊くと、すぐに分かった。

塚越《つかこし》道場という関口流の道場が、久松町にあった。道場といっても、つぶれた商家に大工を入れ、道場らしく改装したものである。

道場の脇に立つと、武者窓から甲高い気合と木刀を打ち合う音が聞こえてきた。どうやら、塚越道場では柔術の他に剣術も教えているようである。茂蔵は驚かなかった。柔術だけでは、門弟が集まらない。柔術道場といっても、剣術や槍術《そうじゅつ》なども教授することが多いのだ。それに、関口流は柔術が主だが、剣術、槍術、居合などの総合武術をもとに編まれた流派である。

道場のすぐ前が浜町堀だった。茂蔵は堀端に佇み、水面《みなも》に目をやりながら門弟が出てくるのを待った。

2

塚越道場の戸口から、門弟がふたり姿をあらわした。まだ、十六、七歳と思われる若侍である。何か声高にしゃべりながら堀沿いの道に出て、茂蔵のそばに近付いてくる。

茂蔵は水面に目をやったままその場から動かなかった。もうすこし年配の門弟でないと、分からないだろうと思ったのである。

それからいっときすると、大柄な武士が足早に戸口から堀端沿いの道へ出てきた。三十がらみと思われる。

「お武家さま」

茂蔵は武士に近付いて声をかけた。

「何か用か、町人」

武士は権高な物言いで訊いた。

「てまえは、口入れ屋の茂蔵ともうします」

茂蔵は武士と歩調を合わせながら、渋谷道場の門弟に訊いたことをくりかえした。

「熊のような大男だと、知らんな」

武士は面倒臭そうに答えた。

「塚越道場のご門弟だと聞いてきたのですが」

茂蔵は追いすがりながらさらに訊いた。

「いないな、そんな男は」

「このようなことを口にするのは、はばかられるのですが……。なんですか、それほどのご器量ではない女子《おなご》と所帯を持たれたとか」

苦しい言いまわしだった。醜女とは言えなかったので、そう言うしかなかったのである。

「なに……」

武士は驚いたような顔をして足をとめた。そして、上空を見上げるような目をして黙っていたが、急に口元に嗤《わら》いを浮かべ、

「吉井さまのところにいた男かな」

と、小声で言った。

「吉井さまとおおせられますと」

「紀州家にお仕えしていた方でな。いまは、国許に帰っておられる」

　武士が歩きながら話したところによると、吉井は関口流柔術の達者で、新材木町にある住居の庭に、紀州家の家臣や近隣の御家人の子弟などを集めて教えていたという。吉井はときおり塚越道場にも顔を出したので、この武士も顔を合わせたことがあったそうである。

「吉井さまの門弟に、熊のような大男がいると聞いた覚えがある。その男の娶《めと》った女が、あまり器量がよくないとの噂だったな。口の悪い者は、熊と醜女ならお似合いだ、などと揶揄《やゆ》するのを耳にしたことがある」

　そう言って、武士はまた口元に嗤いを浮かべた。

「お名前を教えていただけましょうか」

「合田と言ったかな」

「合田……」

　言われてみると、茂蔵も合田という名を聞いたような気がしたが、それ以上のことは浮かんでこなかった。

「合田さまのお住まいは、分かりましょうか」

「そこまでは知らんな。ただし、その器量のよくない妻女どのは、死んだと聞いているぞ。三年ほど前にな」

　武士はそう言うと、急に足を速めた。

茂蔵は足をとめた。新材木町へ行けば、合田のことが分かるだろうと思ったのである。

まず、茂蔵は吉井という紀州藩の家臣が住んでいた家を探すことにした。おそらく、町宿だろうと見当をつけ、それらしい借家を探したが、なかなか分からなかった。それでも、一刻（二時間）ほど聞き歩いてやっと分かった。

掘割沿いにあった酒屋の親父が、

「紀州さまのご家臣の方が住んでおられた家は、この先の借家ですが、いまは別の方が住んでますよ。色っぽい年増が……」

と、口元に卑猥《ひわい》な嗤いを浮かべて言った。どうやら、いまは妾宅《しょうたく》になっているらしい。

「吉井さまは、柔術の道場をひらいていたそうですな」

妾宅の女のことなどどうでもよかった。知りたいのは、吉井の門人の合田のことである。

「はい、庭に集めて指南されていました」

「ご門弟に熊のような大柄な方がいたと、聞いているんですがね」

「合田さまですよ」

そう言って、親父が目を細めた。親しみのこもった表情である。その表情から、親父が合田に好感を持っていることが知れた。

「合田さまは、何をなされているのです」

茂蔵はこれまでの話で、合田は牢人だろうと思った。暮らしをたてるために、何か仕事をしているはずである。

「ちかごろは、行徳河岸で船荷を運ぶ人足をしているようですよ。なにしろ、あの体ですから、人の三人前は働くそうで」

話に聞いたとおりの強力のようである。

「どこへ行けば、合田さまにお会いできますかね」

茂蔵が訊いた。

「堀江町の長屋だと聞いてますが」

「何という長屋です？」

「そこまでは、知りませんな」

親父は首をひねった。

茂蔵は親父に礼を言って、店から出た。やっと、合田の正体がつかめそうである。堀江町の長屋を当たれば、簡単に分かるだろう。

……明日だな。

茂蔵は、堀江町を当たるのは明日にしようと思った。

すでに、陽が家並のむこうに沈み、町筋は淡い暮色につつまれていた。それに、今日は一日中歩いて、さすがに茂蔵も疲れたのだ。

3

茂蔵は、四ツ（午前十時）ごろになってから亀田屋を出た。栄造は得意先をまわっていて店にいなかったので、帳場にいた利吉に、出かけてくる、とだけ言い置いてきた。行き先は堀江町である。

店を出て二町ほど歩いたとき、茂蔵は何気なく振り向いて大工らしい男を目にとめた。印半纏に黒股引《ももひき》、道具箱を担いでいる。どこから見ても不審を抱かせるような格好ではないが、茂蔵は店を出たときも同じ男を目にしたような気がした。

……あやつ、おれを尾《つ》けているのか。

と、茂蔵は思った。常人ならまったく不審をいだかなかったろうが、茂蔵には影目付としての鋭い目と勘があった。

茂蔵はすこし足を速めてみた。角をまがるとき、チラッと目をやると、ほぼ同じ距離を保ったまま歩いてくる。

……何者だろう。

まちがいなく、茂蔵を尾けているようである。遠方で、顔ははっきりしなかったが、歩く姿に見覚えはなかった。それに、武士ではなさそうだ。

茂蔵は、吉崎家と高館藩の家臣を襲った暗殺集団のひとりではないかと思った。それしか、思い当たらなかったのである。

……正体を確かめてやる。

茂蔵はすこし足を速めた。

日本橋通りに入ると、急に人通りが多くなった。店者、供連れの武士、ぼてふり、町娘、僧侶……、さまざまな身分の人々が行き交い、白い靄《もや》のような砂埃《すなぼこり》が立っていた。

茂蔵は通行人の間を縫うように歩いた。ときおり、背後に目をやると、男は間をあけずに尾けてくる。尾行は巧みだった。自然な歩き方で、うまく通行人の陰に姿を重ねて隠している。おそらく、茂蔵でなかったら、何度かその姿を目にしても尾行されているとは思わなかったろう。

高札場のある日本橋のたもとが間近になった。さらに人通りが多くなり、通行人と肩が触れるほどに混んできた。

茂蔵は橋のたもとの混雑の手前で、ふいに右手の通りへ入った。そこは日本橋通り南一丁目である。通りの両側には中堅の表店が軒をつらね、まばらだが通行人が行き交っていた。

茂蔵は小走りになり、すぐに右手の狭い路地へ入った。尾行者には、茂蔵の姿が見えていないはずである。

茂蔵は走った。日本橋通りにもどり、最初に入った通りの角にあった天水桶《てんすいおけ》の陰に身を寄せた。ひとまわりして、尾行者の背後に位置したのである。

茂蔵は通りの先に目をやった。そこに、あるはずの男の姿がなかった。

……やるではないか。

尾行者は通りから茂蔵の姿が消えるとすぐに、まかれたことを察知し、姿を消したのである。

茂蔵はゆっくりと日本橋通りの雑踏のなかを歩きだした。日本橋を渡り始めたところで、それとなく背後を振り返って見たが、男の姿はなかった。今日のところは、尾行をあきらめたようである。

茂蔵は橋を渡り終えると、日本橋川沿いの道を川下へむかった。そこは魚河岸で、鮮魚や乾物を並べた魚屋が並び、印半纏姿で魚を運ぶ男、ぼてふり、船頭などが行き交い、威勢のいい声がひびいていた。

魚河岸を抜けてしばらく歩くと掘割に突き当たるが、その手前を左にまがったところが堀江町である。茂蔵は掘割にかかる親父橋《おやじばし》のたもとにある八百屋に入り、口入れ屋であることを話してから、合田の名を出して訊いてみた。五十がらみの親父は分からないらしく、首をひねっただけである。

「熊のように大きな方ですがね」

と、言い添えると、親父は急に顔をくずした。分かったらしい。

「合田馬之助さまですか」

「お住居《すまい》を、教えていただけませんか」

茂蔵は満面の愛想笑いを浮かべて言った。合田馬之助という名らしい。

「久兵衛店ですよ」

親父は、すぐに長屋の場所を教えてくれた。

茂蔵はついでに、合田の身辺を洗ってみようと思い、

「合田さまは、お独りですかね」

と、訊いた。すでに、醜女と噂のあった妻女は三年ほど前に死んだと聞いていた。

「いえ、お子さまがふたりいらっしゃいます」

親父の話だと、庄助という七つになる嫡男とふさという十三歳の娘がいるそうである。

「お子さまがいるのですか」

子供のことは聞いていなかった。

「ご新造さんは、三年ほど前に流行病でお亡くなりになりましてね。いまは、娘さんが母親代わりになって、家の切り盛りをしているようですよ」

親父はそう言って、すこし目を細めた。その微笑《ほほえ》みに憐憫《れんびん》の情が見てとれた。合田父子《おやこ》に好感を持っているらしい。

「これからうかがって、合田さまにお会いできますかね」

茂蔵は、合田が長屋に居るかどうか確認したのである。

「合田さまは、お出かけになったようですよ」

親父は、今朝方、合田が出かけるのを見たことを言い添えた。

「やはり、お仕事で？」

合田は行徳河岸で船荷を運ぶ人足をしている、と聞いていた。

「それが、いつもの仕事ではないようでしたよ。身装《みなり》がちがったし、刀を差しておられましたからね」

ふだん行徳河岸へ出かけるとき、合田は無腰だそうである。ところが、このところ二刀を帯びて出かけることが多いという。

「それに、近ごろ、午後になってから出かけることもあるようですよ。何か、別の仕事を見つけられたのかもしれませんね」

親父は小声で言った。くわしいことは知らないらしい。

……やはり、青山の首を折ったのは合田のようだ。

と、茂蔵は思った。

船荷を運ぶ仕事をやめて、吉崎家と高館藩の家臣を殺した一味にくわわったのではあるまいか。

「いや、手間をおかけしました。合田さまがいらっしゃるときに、出直してまいりましょう」

茂蔵は、そう言って八百屋を出た。

だが、茂蔵は帰らず、親父に教えられた久兵衛店に足をむけた。長屋の住居だけでも確かめておきたかったのだ。

親父に教えられたとおり、下駄屋の先の狭い路地を入った突き当たりに久兵衛店はあった。古い棟割り長屋である。

茂蔵は井戸端で洗濯をしている女房を目にすると、揉《も》み手をし、腰を屈めながら近寄った。

愛想のいい小商人《こあきんど》そのものである。

「ちと、ものをお尋ねいたしますが」

「なんです？」

四十がらみ、目の丸い小鼻の張った女房が、盥《たらい》のなかの手をとめて顔を上げた。

「合田さまのお住居は、どこでしょうか。……手前は船荷を扱う商いをしておりましてね。合田さまが行徳河岸で働いているのを拝見しまして、あのようなお方に、うちでも働いてもらいたいと思いましたもので」

茂蔵は適当に言いつくろった。

女房は合点《がてん》がいったらしく、立ち上がって腰を伸ばすと、

「ほら、あそこに魚辰《うおたつ》と書いてあるだろう。あそこの隣だよ」

と、濡《ぬ》れた手で指差しながら教えてくれた。

なるほど斜《はす》向かいの棟の手前の腰高障子に、魚辰の字が見える。ぼてふりなのだろう。その隣の障子には、何も書いてなかった。

「手間をとらせましたな」

茂蔵は女房に礼を言って、井戸端を離れた。

魚辰と書かれた腰高障子に近付いたときだった。ふいに、隣の腰高障子があいて、男児が出てきた。つづいて、娘もあらわれた。見たところ、男児が七、八歳。娘が十三、四歳である。話に聞いていた庄助とふさらしい。

……母親には、似なかったようだな。

ふさは気丈そうな感じがしたが、目鼻立ちはととのっていた。器量はいい方だろう。

ふさは手桶を持ち、庄助は小桶をかかえていた。井戸へ水汲《く》みにでも行くのだろうか。

庄助がふさの顔を見上げながら、自分の着物のことをしきりに話していた。嬉《うれ》しそうである。ふたりの会話から、古着屋で買ってもらった袷らしいことが分かった。肩揚げが取ってあったが、それでもすこし袖が長目である。成長を見込んで大き目のものを求めたのであろう。ふさも顔をほころばせて、相槌《あいづち》を打っていた。仲のいい姉弟《きょうだい》らしい。

ふたりは茂蔵の方に近付いてきた。茂蔵は何食わぬ顔をして、姉弟とすれちがった。

そのとき、ふさが、

「父上もご奉公が決まったし、庄助も、そろそろ読み書きを習わないといけないよ」

姉らしいやさしい声で言った。

庄助が、目をかがやかせてうなずいている。

茂蔵は姉弟とすれちがった後、急に足を速めた。そして、別の棟の裏手をまわり、井戸端のそばを通らずに路地木戸へむかった。姉弟が、井戸端で話を聞いた女房と顔を合わせて茂蔵のことを聞けば、不審を抱くだろうと思ったのである。

茂蔵は通りを歩きながら、

……合田は暗殺一味のひとりにまちがいない。

と、確信した。子供たちに奉公が決まったと話しているようだが、このご時世に仕官などはたせるわけはないのだ。合田は暗殺に手を染めていることを隠し、姉弟にそう話しているのだろう。

……それにしても、嫌なものを見てしまったな。

茂蔵の胸に、あらためて姉弟の顔が浮かんだ。健気《けなげ》に生きている純真無垢《むく》な姉弟のようである。おそらく、父親の合田との絆《きずな》も強いのだろう。

合田が暗殺一味のひとりとはっきりすれば、殺さねばならなかった。それは、ふさと庄助の幸せな暮らしを奪うことでもあった。

4

その日、茂蔵はさらに付近で合田のことを聞き込み、亀田屋にもどったのは、暮れ六ツ(午後六時)を過ぎてからだった。

おやっ、と思った。いつもと店の様子がちがう。表戸が半分ほどひらいたままで、番頭の栄造が心配そうな顔をして戸口に立ち、通りに目をやっていた。

栄造は茂蔵を目にとめると、慌てた様子で走り寄ってきた。

「だ、旦那さま、大変です、利吉が！」

栄造が声を震わせて言った。

「どうしました」

「利吉が、帰ってこないんです」

「帰ってこないとは、どういうことです」

茂蔵は事態が呑み込めなかった。

「は、はい、昼を過ぎてすぐ、佐々木さまともうされる旗本の用人が見えられ、進物を買い取ってもらえないかとおっしゃられたのです。屋敷は赤坂の溜池《ためいけ》近くと言われましたので、利吉がごいっしょしたのですが、それっきり……」

利吉は手代格で、安価な品物なら一存で買い付けも許されていた。

「帰ってこないのか」

赤坂なら、そう遠方ではない。遅くなっても、店仕舞いする暮れ六ツ（午後六時）までには帰ってくるはずである。

「はい、音松と万吉が探しに行っているのですが、そのふたりも、まだ」

そう言って、栄造が心配そうに顔をゆがめた。

「…………」

茂蔵は店のなかを覗いてみた。夕闇につつまれ、人影はない。

るだろう。

そう言って、茂蔵は敷居をまたいだ。いずれにしろ、暗くなれば音松と万吉はもどってく

すでに町筋は濃い夕闇につつまれ、通り沿いのどの店も店仕舞いを終えていた。

「栄造、表の戸をしめてくれ。近所の者が、不審に思うからな」

茂蔵は栄造が表戸をしめ始めたのを見て帳場に上がり、石を打って行灯《あんどん》に火を点《つ》けた。

帳場をおおっていた闇が消え、行灯の灯が板の間を黒く浮かび上がらせた。栄造は帳場机のそばに腰を折った。

「利吉は、どうしたんでしょう」

栄造が震えを帯びた声で言った。行灯に浮かび上がった顔がこわばっている。

「わたしにも、分からない」

旗本屋敷からの帰途、追剝《おいは》ぎや辻斬りに遭《あ》ったのかもしれない。旗本屋敷で無理な注文をつけられて商談がこじれ、遅くなったとも考えられる。

ただ、あれこれ考えても仕方がなかった。いまは、待つしかなかった。

「だ、旦那さま、お茶でも淹《い》れましょうか」

凝《じっ》としていると、落ち着かないのか、栄造が立ち上がろうとした。

「いや、いい。このまま待ちましょう」

茂蔵が低い声で言うと、栄造は浮かせた腰を慌てて沈めた。

それから、一刻（二時間）ほど経《た》って、音松と万吉が帰ってきた。ふたりとも、顔がこわばり疲労の色が濃かった。

「旦那さま、利吉はどこにもいません」

音松が喉のつまったような声で言った。音松は二十二歳、色白で面長だった。その顔がかすかに震えている。

万吉は黙ったまま土間の隅に立っていた。話は音松にまかせるつもりらしい。

「万吉とふたりで溜池付近を探したのですが、利吉の姿はありませんし、佐々木さまという旗本のお屋敷も付近にないのです」

音松は近所の店に立ち寄ったり、通りがかったぼてふりに訊いたりしたという。

茂蔵は音松の話を聞いて、

……利吉は、何者かに呼び出されたのかもしれぬ。

と、思った。ただ、利吉が名指しされたのではないようなので、店の者ならだれでもよかったのだろう。

何者が、何のために店の者を呼び出したのか……。そのとき、茂蔵の脳裏をよぎったのは、茂蔵の跡を尾けた大工らしい男だった。

男は茂蔵が亀田屋を出たときから尾けていた。茂蔵が亀田屋のあるじと知っていて、尾けたとみていい。

茂蔵にまかれた後、男は亀田屋の奉公人に狙いをさだめて、連れ出したのではあるまいか。旗本の用人ふうだったというが、別の仲間が呼び出したとも考えられる。

では、何のために店の奉公人を呼び出したのか。何か聞き出すためであろう。

……何を聞き出すつもりなのだ。

断言できなかったが、影目付にかかわることであろう、との見当はついた。

「明朝、もう一度探してみましょう」

茂蔵は、番頭たちにそう言った。今夜は、動きようがなかったのである。


翌朝、利吉の死体が発見された。早暁、音松と万吉が利吉を探しに赤坂へ行き、溜池の脇の路傍に横たわっていた利吉を発見したのである。

万吉の知らせを受け、茂蔵は店を栄造に頼み、現場へ駆けつけた。利吉の死体は池沿いの群生した萱《かや》のなかに捨てられていた。

そう思って見なければ、分からなかったろうが、萱が押し倒されていたため着物がめくれてあらわになった両足が路傍からも見えたのだ。

音松と共に近所の住人らしい男が数人たかっていたが、岡っ引きらしい男や八丁堀同心の姿はなかった。

茂蔵は万吉を連れて、音松に近寄った。

「だ、旦那さま、利吉さんが……」

音松は蒼ざめた顔で、声を震わせて言った。

群生した萱のなかで、利吉は仰臥《ぎょうが》していた。目を見開き歯を剝《む》き出して、苦悶《くもん》に顔をゆがめている。なんとも凄惨《せいさん》な死顔である。

着物の胸部がどっぷりと血を吸っていた。刺されたような破れもあった。おそらく、正面から刀か匕首《あいくち》のような刃物で刺されたのである。

……それだけではないな。

着物の肩口や腕も血に染まっていた。

茂蔵は死体のそばに屈み、襟をめくって肩口を見てみた。幾筋も赭黒《あかぐろ》い痣《あざ》が走り、肌が破れてどす黒い血にまみれていた。激しい打擲《ちょうちゃく》を受けた痕《あと》である。

……拷問《せめ》られたか！

それしか、考えられなかった。利吉は店から連れ出され、どこかに監禁されて拷問を受けたのである。

茂蔵の影目付にかかわることを訊くためであろうが、利吉は献残屋のあるじの茂蔵しか知らない。いくら、拷問してもしゃべりようがないのだ。

「利吉、かわいそうなことをした」

茂蔵は顔を伏せ、泣き声で言った。ここは、亀田屋のあるじとして振る舞わねばならなかった。影目付であることは、おくびにも出せなかったのである。

5

行灯の火影《ほかげ》に、五人の男の顔が浮かびあがっていた。茂蔵、左近、弥之助、喜十、加藤である。いずれの顔にも屈託の色があった。

茂蔵たちは、日本橋堺町にある仕舞屋《しもたや》に集まっていた。ここは、茂蔵が亀田屋のあるじとして懇意にしている商家の旦那の妾宅だったが、いまは空家である。茂蔵はこの家を安く借り受け、第二の密会場所にしていた。

利吉が殺され、二日経っていた。茂蔵は、念のために亀田屋の離れではなく、ここに仲間を集めたのである。

「奉公人の利吉が、殺されたのだ」

茂蔵が重い声で言った。行灯の灯を受けて顔の陰影が深く刻まれ、双眸が燃えるようにひかっていた。影目付らしい凄《すご》みのある顔である。茂蔵は岩井に次ぐ立場であり、影目付のまとめ役でもあった。

「それで、相手は」

茂蔵は自分が尾けられたことから、利吉の死体が発見されるまでのことを一通り話した。

左近が抑揚のない声で訊いた。

「分からん」

吉崎家と高館藩の家臣を殺した一味だろうとは思ったが、確かな証《あかし》は何もなかった。

「町方は探ってるんですかい」

喜十が訊いた。

「探ってはいるようだが、捕《と》れそうもないな」

茂蔵と万吉が駆けつけた後、北町奉行所の楢崎が数人の手先を連れて臨場した。

楢崎は茂蔵から事情を聞くと、すぐに検屍を始めた。背や腕の打擲の痕を見た楢崎は、数人の追剝ぎに棒や竹竿《たけざお》でたたかれたとみた。拷問とは思わなかったようだ。無理もない。献残屋の奉公人が、拷問されてまで白状させられるような秘事を隠しているとは思えなかったのだろう。それに、下手人が追剝ぎと思われる強い理由があった。利吉が持っていた三両余りの金が、紙入れごと奪われていたのである。

利吉は小額なら、自分の判断で買い付けてもいいことになっていて、それだけの金を持って出たのだ。

檜崎は物盗りの犯行とみて、集まった手先たちに、近隣に巣くう無宿人や地まわりなどを洗うよう指示した。

茂蔵にしてみれば、とんだ見当ちがいだと思ったが黙っていた。

「利吉は、拷問《せめ》られたのだ。何者か知れぬが、われら影目付のことで訊問《じんもん》されたのはまちがいない」

茂蔵が影目付のひとりと気付き、仲間を探ったものと思われた。

茂蔵はさらにつづけた。左近たち四人は黙って耳をかたむけている。

「おそらく、利吉は、おれの身辺に集まる、客ではない者のことをしゃべらされたのだろう。そうなると、離れに集まるみんなのことを口にしたとみねばならない」

茂蔵がそう言うと、黙って聞いていた左近が、

「何者であろう」

と、顔をけわしくして言った。

「分かりませんが、盗人でも高館藩士でもないでしょうね。わたしが影目付と知っての上で、利吉を拷問《せめ》たのでしょうから」

茂蔵は左近に丁寧な物言いをした。幕臣のとき、左近の方が役柄が上だったせいである。

「まさか、板倉ではあるまいな」

左近は板倉重利の名を出した。以前、板倉がひそかに組織した闇仕置なる刺客集団に、岩井をはじめとする影目付たちが命を狙われたことがあったのだ。

「闇仕置は、ひとり残らず始末したはずです」

弥之助が口をはさんだ。弥之助は元黒鍬衆で、茂蔵の配下だった。

「そうだな。……まだ、何とも言えんな」

左近は考え込むように視線を落とした。

「利吉は、お頭のことも口にしたでしょうか」

弥之助が訊いた。

「そうみた方がいい。ただ、利吉はお頭のことを碁好きの御家人と思っている。話したとしても、いまのところはお頭がたぐられることはないはずだ」

茂蔵は、岩井の正体が簡単に知られるとは思わなかった。

「だが、用心した方がいいな」

左近が顔を上げて言った。

「そのためもあって、今夜はここに集まってもらったのです」

そう言って、茂蔵は、今後しばらく亀田屋へは近付かないことと、密会場所はこの家を使うことを話した。

「お頭には、弥之助が知らせてくれ」

岩井邸に侵入し、岩井と接触するのは弥之助の役だった。

「承知」

弥之助がうなずいた。

茂蔵は暗殺一味のなかに柔術を遣う巨漢の合田馬之助という牢人がいることを話した後、弥之助と喜十に目をやり、

「そっちはどうだ、何かつかめたか」

と、声をあらためて訊いた。

弥之助は、高館藩邸に忍び込んで藩士たちの話を耳にしました、と前置きし、

「高館藩の家臣たちの間に不穏な動きはありませんが、世継ぎにかかわる騒動の火種は残っているようです」

と、言った。

弥之助によると、国許の祐房派のうち過激だった三人の家臣が出奔し、江戸藩邸の近くをうろついているのを見た者がいるという。

「名は秋本修三郎《あきもとしゅうざぶろう》、根岸剛右衛門《ねぎしごうえもん》、三木沢繁助《みきざわしげすけ》とのことです。その者たちが江戸へ出て仲間を集め、狩田と青山を殺害したとも考えられます」

弥之助がそう言うと、脇に座っていた喜十がうなずいた。

「とりあえず、三人の所在をつかんでくれ」

それだけでは何とも言えなかったが、三人の所在が知れれば、吉崎家と高館藩の家臣を暗殺した一味とのかかわりも見えてくるだろう。

「分かったぜ」

喜十がくぐもった声で言った。

「左近さまの方はどうです？」

茂蔵は左近と加藤に顔をむけて訊いた。

「栗田たちを襲った賊のふたりは、黒ずくめの姿だったそうだ」

左近が、逃げた中間の平助が話したのを聞いた中間からの又聞きだと言い添えた。

「黒ずくめとは？」

「黒い衣装に、黒覆面だったとか」

「武士ですか？」

「ひとりは黒袴で刀を差していたらしい。もうひとりは、はっきりしなかったようだが、武士のような感じではなかったと話したそうだ」

左近が抑揚のない声で言った。

「刺客《しかく》らしい……」

茂蔵は出奔した高館藩士ではなく、殺し慣れた刺客のような気がした。となると、闇仕置のような組織とみなければならないが、まだはっきりしたことは分からない。

それから茂蔵は、四人に身辺を付け狙っているような者はいないか訊いたが、四人ともそうした気配はないと答えた。

「油断するなよ。利吉が拷問されたのは、われら影目付の所在をつかむためだ。いずれ、われらにも手が伸びてくるぞ」

何者か知れぬが、このままということはない、と茂蔵は思った。

「油断はすまい」

そう言って、左近がかたわらの刀を持って立ち上がった。ひとまず、話は済んだのである。

左近につづいて、加藤や喜十も立ち上がった。

「弥之助、頼みがある」

立ち上がった弥之助に茂蔵が声をかけた。

「なんでしょうか」

「しばらく、合田を尾けてもらいたい。おれは、一味に見張られているようなのでな。迂闊《うかつ》には、動けん」

茂蔵は、合田を尾行して接触した仲間をつきとめ、一味の正体を探りたいと言い添えた。

「承知」

「やつの塒《ねぐら》は堀江町の久兵衛店だ。ふさという娘と庄助という息子がいる」

茂蔵は長屋のある場所を話した。

弥之助は話を聞くと茂蔵にうなずき、きびすを返して座敷から出ていった。

6

「ふさ、庄助、行ってくるぞ」

合田は戸口に立って声をかけた。羽織袴姿で、二刀を帯びていた。軽格の御家人か江戸勤番の藩士のように見える。

「父上、木戸まで、いっしょに行きます」

庄助が戸口に飛び下り、草履をつっかけた。流し場で洗い物をしていたふさは、微笑みながら合田に、帰りがいつごろになるか訊いた。

「分からんが、夕餉までには帰る」

合田はそう言い残して、外へ出た。慌てて庄助が後を追っていく。

ふたりが並んで井戸端まで行くと、水を汲んでいた大年増の女房が、

「あれ、庄坊はお見送りかい」

と、笑いながら声をかけた。胸を張って歩いている庄助の様子が、おかしかったからであろう。

「父上は、お城のお殿さまにお仕えしているのだぞ」

庄助が自慢そうに言うと、合田が慌てて、

「い、いや、そうなるといい、という話だよ」

と、顔を赭黒く染めて言い添えた。

「そうだよね。お殿さまにご扶持《ふち》をいただくようなご身分なら、こんな貧乏長屋になんか住んじゃァいないものねえ」

と言って、女房は笑った。

路地木戸を出たところで、合田は庄助と別れた。庄助は遠ざかっていく父親の巨漢の背を

見送っている。その庄助の目に、路地木戸のそばにある下駄屋の脇から通りへあらわれた職人ふうの男が映った。男は手ぬぐいで頬っかむりし、黒半纏を羽織っていた。男は足早に合田と同じ方向に歩いていく。

庄助は何も思わなかった。庄助の目には、職人ふうの男も含めていつもの見慣れた町筋にしか映らなかったのである。庄助はきびすを返すと、パタパタと長屋へ駆けもどった。

職人ふうの男は弥之助だった。茂蔵から聞いていた下駄屋の脇の板塀の陰にひそみ、合田が姿をあらわすのを待っていたのである。弥之助はその巨体を見て、すぐに合田だと分かった。

弥之助は合田から半町ほどの間を取って跡を尾け始めた。弥之助は通行人や物陰などに身を隠しながら巧みに尾けていく。

弥之助は元黒鍬衆だったが、人並はずれて足が速く、動作も敏捷だった。それに、尾行や屋敷内への侵入が巧みだったので、岩井が目をつけて影目付にしたのである。

合田は掘割沿いの道を通り、日本橋川沿いへ出た。賑やかな通りで、行き交う人々も多かった。弥之助は合田との間をつめ、通りのなかほどを歩いた。通行人のなかへ埋没できるので、物陰へ身を隠す必要がなくなったのである。

合田は日本橋を渡り、日本橋通りを南へむかっていく。背後から尾けていく弥之助には、まったく気付いていないようである。

やがて、合田は京橋を渡り、竹川町へ入ったところで右手の路地へまがった。

……また、高館藩の家臣を狙う気か！

狩田と青山が斬殺された近くだった。弥之助は念のために、ふたりが斬殺された場所も確認していたのである。

だが、合田の身辺に殺気立った雰囲気はなかった。道のなかほどを堂々と歩いていく。それに、高館藩の家臣が殺された通りではなかった。すこし道幅のひろい通りで、行き交う人々の姿も多かった。

やがて、合田は愛宕下へ出た。左右に大名屋敷のつづく通りを南にむかっていく。前方に増上寺の杜《もり》が見えてきた。その深緑の間から幾つもの堂塔が覗いている。付近に寺が多くなり、辺りが静かになった。通りの人影もまばらである。

そのとき、弥之助は背後を振り返った。だれかに尾けられているような気配を感じたのである。

姿は見えなかったが、一瞬、通りから町家の陰へ黒い人影が動いたような気がした。

……尾けられている！

弥之助は察知した。それも、尋常な者ではない。尾行術に長《た》けた者である。茂蔵が口にしていた影目付を狙っている一味であろう。影目付が合田を尾けることを予想して、合田の身辺に目を配っていたのかもしれない。

……どうする？

弥之助は迷った。尾行者はひとりである。弥之助は剣はだめだが、鉄礫《つぶて》が得意だった。弥之助の遣う鉄礫は直径一寸五分ほどで、六角平形をしており、人に当たれば肌を裂き、骨を砕く。

ただ、尾行者が何者で、どんな武器を遣うのか分からなかった。吉崎家と高館藩の家臣の殺しにくわわった者なら、腕が立つとみなければならない。

……仕掛けてみるか。

弥之助は、相手が手練でも鉄礫を遣えば、命を落とすようなことはないだろうと踏んだのだ。

弥之助は合田の尾行をあきらめた。塒をつかんでいるので、尾行はいつでもできる。それに、このまま尾行をつづければ、合田と背後からの尾行者に挟み撃ちになる恐れがあったのだ。

弥之助はすこし足を速めた。そして、右手の路地へ入るなり、疾走した。その路地の左右は大名屋敷の築地塀《ついじべい》と寺の板塀になっていた。

弥之助は板塀の間にあるちいさな木戸門から境内《けいだい》に走り込み、板塀沿いの樫《かし》に上って枝葉の間から路地を覗いた。すぐ下が、弥之助の飛び込んだ路地になっている。しかも、繁った葉叢《はむら》が弥之助の姿をつつみ隠してくれた。

……来たな！

黒半纏に黒股引。大工か鳶《とび》のような格好の男である。手ぬぐいで頬っかむりし、顔を隠していた。

男は小走りに弥之助がひそんでいる木の下へ近付いてきた。動きが敏捷である。身辺に野犬を思わせるような雰囲気がただよっている。

弥之助が鉄礫を打った。

瞬間、男が脇へ跳んだ。迅い！　まさに、黒い野犬が跳躍したような動きだった。弥之助が鉄礫を打つ瞬間、樫の葉叢が揺れたのを察知して反応したらしい。

鉄礫は男の膝先をかすめて地面に突き刺さった。

……しまった！

と、感じた瞬間、弥之助は樫の幹に身を隠した。敵の攻撃を察知したのだ。

戛《かっ》！

と乾いた音がし、何かが樫の幹に突き刺さった。

……手裏剣！

男が板塀へ身を寄せながら打ったのだ。

ザッ、と葉叢を突き破る音がし、つづいて手裏剣が飛来した。

弥之助はすばやい動きで幹をつたい、地面から六間ほどの高さになると飛び下りた。逃げねば、手裏剣の餌食《えじき》になると思ったのである。

弥之助は寺の境内を疾走した。ここは逃げるしか手はなかった。本堂の裏へまわり、生け垣の隙間から外へ飛び出した。そこは寺の裏手で細い路地になっていた。さらに、弥之助は走った。

背後から追ってくる足音は聞こえなかった。何とか逃げられたようである。弥之助は走るのをやめて歩きだした。

……恐ろしいやつだ。

弥之助の全身に鳥肌が立っている。

7

座敷はうす暗かった。頬隠し頭巾の間から、底びかりする双眸が虚空を刺すように見つめている。自ら、刹鬼と名乗った男である。

合田がいるのは、真蓮寺の庫裏だった。同席しているのは堂本と、面長で顎《あご》のとがった瘦《や》せた牢人だった。牢人の名は芝山宗三郎《しばやまそうざぶろう》、合田と同じように闇仕置の一味にくわわった男である。芝山は心形刀流《しんぎょうとう》の遣い手で、すでに吉崎の家臣を斬っていた。寡黙な男で、いつも座敷の隅にひとり離れて胡座《あぐら》をかいている。

「東次郎が姿を見せぬな」

堂本が低い声で言った。

「おれを尾けていた者がいたようだな」

合田は、堀江町の長屋を敵方の者が見張り、尾行されるかもしれない、と堂本から聞いていたのだ。

「懸念することはない。東次郎を長屋付近に張り込ませ、尾行者がいれば逆に尾けて、仲間の所在を探りだす手筈《てはず》になっているのだ」

堂本が言った。

今日、東次郎はこの寺に来ることになっていた。刻限を過ぎても、東次郎が姿を見せないということは、尾行者の跡を尾けているからであろう。

だが、そうした話をしているところへ、東次郎が姿をあらわした。口元に苦笑いが浮いている。

「どうした、東次郎」

　堂本が訊いた。

「逃げられました。腕のいい男で、影目付のひとりにまちがいないようです」

　東次郎は座敷に膝を折ると、これまでの経緯をかいつまんで話した。

「伊賀者か」

「そうではございませぬ。……身の軽い男で鉄礫を遣うが、忍びの術ではないようです」

「黒鍬者かもしれぬな」

　堂本がそう言ったとき、正面にいた頬隠し頭巾の男が、

「それで、この寺を気付かれたようか」

　と、くぐもった声で訊いた。

「その懸念はございませぬ。この寺への道筋ですが、かなり離れた場所から逃走したので、気付かれることはないはずです」

　東次郎が断言するように言った。

　頬隠し頭巾の男は、そうか、と言い、

「さて、影目付を殲滅《せんめつ》する策だが」

　と、声をあらためてつづけた。

「敵の影目付は六、七人いるとみている。われらはここにいる五人。高館藩の三人も利用できるが、それほどの戦力にはなるまい。……一気に討ちとるのは無理だ。影目付どもをひとりひとり斃すのが上策であろう」

頰隠し頭巾の男は、射るような目で一同を見まわして言った。

「お頭、手始めに亀田屋の茂蔵を殺《や》りますか」

堂本が訊いた。

すでに、頰隠し頭巾の男は過去に影目付と戦い、茂蔵が影目付のひとりだと知っていたのである。それで、配下の東次郎に命じて茂蔵を尾行させていたのだ。

「まだ、早い。茂蔵は一味をたぐる糸だ。もうすこし、泳がせておけ」

頰隠し頭巾の男は、ほかの仲間の所在が知れてからでよい、と言い足した。

「それで、高館藩の方はどうしますか」

堂本が膝先を頰隠し頭巾の男の方へむけて訊いた。

「もうすこし、揺さぶってやれ。亡者たちの目を、高館藩にむけておくためにもな」

そう言って、頰隠し頭巾の男が目を細めた。笑ったらしい。

それから、小半刻（三十分）ほどの間に、まとめ役の堂本が、合田、東次郎、芝山に、茂蔵の尾行にくわえ、高館藩の上屋敷と吉崎邸に目をくばり、影目付の所在をつきとめるよう指示をあたえた。

　堂本の話がすむと、芝山が、

「終わったようだな」

　と言って、むくりと立ち上がった。面長の顔には、鬱屈《うっくつ》した表情が張り付いたままである。

　つづいて、合田が立ち上がろうとすると、

「合田、住居はどうするな」

　と、堂本が訊いた。

　すでに、敵に住居の長屋がつかまれているので、襲われる恐れがあったのだ。

「おれには、子供がふたりいるので、長屋を出るわけにはいかん」

　合田が顔をけわしくして言った。

「ならば、一時、子供と住める借家でも都合しよう」

　頰隠し頭巾の男が言った。

「かたじけない」

　合田は頰隠し頭巾の男に頭を下げてから出ていった。

　芝山、合田、東次郎の三人が出ていった後、座敷には頰隠し頭巾の男と堂本だけが残った。

静寂がふたりをつつみ、かすかな息の音だけが聞こえていた。

「このような物で、顔を隠さねばならぬとは、哀れなものよ」

そう言って、頰隠し頭巾の男が、頭巾を取った。

凄絶な面貌《おもて》である。顔の左側の鬢が削《そ》がれ、片耳がなかった。刀でえぐり取られたらしい。傷口の肌がひき攣れたようになり、顔がゆがんでいた。

この男は、闇仕置の頭目だった中里杢兵衛《なかざともくべえ》である。岩井との戦いで斬撃を浴び、神田川に落ちて死んだとみられていた男だった。一命をとりとめ、ふたたび闇仕置の頭目として復活したらしい。

「お頭、影目付の亡者どもをひとり残らず斬り殺しましょうぞ」

堂本が目をひからせながら言った。

堂本は元御徒組頭だった。中里が御徒頭だったとき、直属の配下だった男である。さらに中里と同じ馬庭念流《まにわねん》の門人だったこともあって、御徒頭への栄進を条件に小普請となり、中里にしたがったのである。

「わしは影目付の頭に斬られ、刹鬼となった。こんどは、刹鬼が亡者どもを始末する番だ」

そう言って、中里がうす嗤いを浮かべた。半顔に傷を負った顔が奇妙にゆがみ、心魂を凍らせるような悽愴《せいそう》な面貌《おもて》になった。

第三章　亡者狩り

1

障子の隙間から川風が流れ込んでいた。初夏を感じさせるさわやかな風である。

岩井勘四郎は京橋、水谷町にある吉祥《きっしょう》という老舗《しにせ》の料理屋の二階座敷にいた。同席しているのは、高館藩の江戸留守居役、三浦長門之輔と配下の御使番、坪内裕太郎《つぼうちゆうたろう》である。

岩井は弥之助から、何者かが影目付を付け狙っていることと、出奔した高館藩の祐房派の急先鋒《きゅうせんぽう》の家臣三人が江戸藩邸付近で目撃されていることを聞き、一度高館藩の相応の身分の者と面会し、藩内の事情を聞く必要を感じたのだ。

岩井は松平信明の用人、西田邦次郎をとおして信明に拝謁《はいえつ》し、これまでの探索を報告した上で、高館藩の家臣に直接会って話を聞きたい旨を伝えると、

「あい、分かった。わしが高館藩へ話をとおそう」

と言い、西田に命じて、吉祥で面会できるよう手筈をととのえてくれたのである。

岩井については、西田から三浦に、現在は小普請だが、吉崎の腹心である、と伝えてあっ

た。

「岩井どの、まず、一献」

そう言って、三浦は銚子《ちょうし》を手にした。

五十代半ば、鬢には白髪も目立ったが肌には艶《つや》があり、満面に笑みを浮かべていた。いかにも御留守居役らしいそつのない応対である。

「伊豆守さまと吉崎さまから、三浦どのに助勢し、ご家中の揉め事を内々で始末するようおおせつかっております」

岩井は酒を受けながらもっともらしく言った。

「かたじけのうござる」

「それがし、幕府の御目付にもたずさわっておりましたので、此度の吉崎さまの家臣が殺された件につき、役目柄、内々に探索いたしました。その結果、貴藩の家臣が殺された件と関連があるとみたのです」

「わしも、そうみております」

三浦の顔から笑みが消えた。

「それに、吉崎さまの家臣が殺されたおり、下手人が、祐房さまの恨み、と叫んだのを中間が聞いておりのます」

岩井が言った。

「それがしも、そのことは聞いてござる」

「あるいは、世継ぎ問題にからみ、祐房さまについた家臣が襲ったのではないかとみたわけです」

「当然でござろうな」

三浦の顔に苦悶の表情が浮いた。高館藩の家臣が吉崎の家臣を襲って殺したとなれば、藩としても苦しい状況に立たされるのである。

「それゆえ、騒ぎを内々で始末する必要がございましょう」

岩井が声を低くして言った。

「いかさま」

「聞くところによると、祐房さまについた三人の家臣が、出奔して江戸の藩邸近くでうろついているのを見た者がいるそうですが」

岩井が訊いた。すでに、三人の名も弥之助から聞いて知っていたが、口にしなかった。

「確かに」

三浦は三人の藩士の名を口にし、

「いずれも、若いころ祐房さまの扈従《こじゅう》だった者たちです。江戸にも同じ立場の者がいるとみて、家臣との接触を試みたのでござろう。ただ、いまになって、祐房さまを担ぐ者はほとんどおりませぬ。……したがって、家中に騒動などないのです」

三浦が語気を強めて言った。

「それがしも、そうみております」

すでに、鶴松君が家を継ぎ、祐房派と鶴松派の騒動は終わったのである。祐房の襲封《しゅうほう》を願う者がいたとしても、ごくわずかであろう。

「それに、出奔した三人の者には、上意討の命が出され、腕に覚えの者が五人、三人の行方を追っております」

「上意討……」

高館藩も手をこまねいて見ていたわけではないようだ。三人を罪人として討ち取るつもりらしい。

「ただ、江戸藩邸付近で見たという家臣はいるのですが、その後、まったく姿をあらわさず、三人の所在が知れぬのです。岩井どの、何か心当たりがございましょうか」

三浦が膝を進めて訊いた。

「心当たりはござらぬが、いずれ所在は知れましょう」

岩井は、吉崎家と高館藩の家臣を襲った下手人は、三人の出奔者ではないような気がしていた。ただ、下手人の探索のなかで、三人の出奔者の様子も知れるのではないか、との思いはあった。

岩井と三浦の話がとぎれたとき、黙ってやり取りを聞いていた坪内が、

「岩井さま」

と、思いつめたような顔で言った。

「それがし、秋本、根岸、三木沢の三人を討つよう命ぜられたひとりでございます。三人の所在が知れましたら、お知らせくだされ」

どうやら、坪内は討っ手のひとりでもあるようだ。

「承知した」

岩井はあらためて坪内を見た。小柄だが、首が太く胸が厚かった。腰もどっしりしている。武芸で鍛えた体らしい。高館藩の家中では名の知れた遣い手なのだろう。

それから岩井たちは杯をかたむけながら、吉崎家と高館藩の家臣が殺されたときの状況や下手人の特徴などについて話した。

一刻（二時間）ほど酒を酌み交わし、話が一段落したとき、

「いずれにしろ、用心した方がよろしいでしょう」

そう言って、岩井が先に腰を上げた。まだ、これからも高館藩士が狙われる可能性はあっ

たのだ。

店の外は暮色につつまれていた。すでに、暮れ六ツ（午後六時）は過ぎていたが、西の空には茜《あかね》色の残照があり、提灯がなくとも歩ける明るさが残っていた。

店先から、八丁堀川沿いの通りへ出たときだった。岩井は川端の柳の樹陰に人影があるのに気付いた。

武士体の男がふたり、樹陰から吉祥の店先に目をむけている。

……刺客か！

一瞬、岩井はそう思ったが、刺客らしい殺気はなかった。

岩井の脳裏に、高館藩を出奔した三人の家臣のことがよぎったが、そうでもないようだった。旅装束ではなく、御家人のような羽織袴姿だったのである。

岩井は足をとめなかった。三浦と坪内を狙っているのかとも思ったが、危害をくわえそうな雰囲気はなかったので、そのまま通り過ぎた。

……それにしても、何者がわしら影目付を狙っているのであろう。

夜陰につつまれて町筋を歩きながら、岩井は胸の内でつぶやいた。

岩井の脳裏に、闇仕置の頭目だった中里のことが浮かんだ。中里が生きていれば、忠成や板倉の命で、影目付である岩井たちを狙うことはじゅうぶん考えられる。

だが、岩井は神田川沿いの戦いで、中里を斬っていた。そのときの肉を截断《せつだん》した手応《てごた》えも覚えているが、いまだに中里の死体は発見されていなかった。

……あやつ、まだ生きているのかもしれぬ。

そう思ったとき、岩井は地獄からよみがえった悪鬼が、ふたたび自分たちを付け狙っているような気がして身震いした。

2

加藤峰次郎は飯台に腰を下ろして酒を飲んでいた。愛宕下、神谷町にある野村屋《のむらや》という一膳めし屋である。

この日、加藤は左近とふたりで高館藩の上屋敷の近くに来ていた。高館藩を出奔し江戸へ来たという秋本、根岸、三木沢の三人の所在を探るためである。

上屋敷の近くまで来ると、左近が、

「ふたりで、聞きまわることもあるまい」

と言いだし、陽が沈んだら増上寺の御成門の前で落ち合うことを約して別れたのである。

ひとりになった加藤は、高館藩の上屋敷近くを歩いていたふたり連れの中間の足をとめて

話を聞くと、

「あっしらには、他の屋敷のことは分かりやせん。高館藩に奉公してる中間なら、野村屋でよく飲んでますぜ」

と、ひとりの中間が答えた。

それで、加藤は野村屋に来ていたのである。店のなかには、数人の客がいた。行商人、職人らしい男、それに中間ふうの男もふたりいた。いずれも、酒を飲んでいる。

加藤は手酌でちびちびやりながら、ふたりの中間ふうの男の話に耳をかたむけていた。高館藩に奉公している中間かと思ったがちがうようである。話の様子から、大名家ではなく旗本屋敷に奉公している渡り中間らしいことが分かった。

小半刻（三十分）ほどして、行商人らしい男が出ていくのと入れ替わるように、お仕着せの半纏を着た別の中間らしい男がふたり入ってきた。

ふたりは、加藤のすぐ脇の飯台に腰を下ろした。ふたりは注文を取りに来た小女《こおんな》に酒と肴《さかな》を頼み、届いた酒をつぎあって喉をうるおすと、脇にいる加藤など眼中にないように声高にしゃべりだした。

……高館藩の屋敷に奉公しているようだ。

ふたりが、高館藩という名や御留守居役の三浦の名を口にしたので、すぐに分かったのである。

加藤は小女に酒を注文し、届いた銚子を手にすると、

「高館藩の者かな」

と言って、ふたりの前に銚子を置いた。

「へえ、旦那は？」

髭の濃い、大柄な中間が驚いたように目を剝いて訊いた。

「おれは、香山峰太郎《かやまみねたろう》、牢人だ」

咄嗟に思いついた偽名である。牢人であることは、加藤の身装《みなり》を見れば、すぐに分かるだろう。この日、加藤はくたびれた小袖と羊羹色の袴姿で来ていた。

「あっしらに、何かご用で」

もうひとり、背のひょろっとした男が、怯《おび》えたような目で加藤を見ながら訊いた。

「なに、ちと、訊きたいことがあってな。まァ、飲んでくれ」

加藤は銚子を取って、髭の濃い男の猪口《ちょこ》に酒をついでやりながら、

「高館藩では、腕の立つ者を探していると耳にしたのでな。……おれは、腕には自信があるのだ」

加藤が声を落として言った。

「そんな話は聞いてねえが」

髭面の男は、脇の男に目をむけた。脇の男も、首をひねっている。ただ、ふたりの顔から、怯えたような表情は拭い取ったように消えていた。目の前に突然あらわれた牢人が、仕官を望んで、話しかけてきたと分かったからであろう。

「そんなはずはないぞ。まァ、飲め」

加藤は背のひょろっとした男の猪口にも酒をついでやり、

「なんでも、家臣がふたりも斬られたそうではないか。それで、腕の立つ者を探していると聞いたのだがな」

と言って、ふたりの中間に目をむけた。

「へい、確かに、ふたり殺《や》られやした」

ひょろっとした男が、神妙な顔で答えた。

「国許を逐電した者たちが襲ったと、聞いているぞ」

「そんな話もありやすが、ちがうようですぜ」

ひょろっとした男が、声をひそめて言った。

「ちがうのか」

「へい、逐電したのは三人らしいんですがね。その三人を、家中でも腕の立つご家来が五人もで探しておりやしてね。ご家来を襲うどころか、どこかへ姿を隠しちまったようですぜ。それに、逃げた三人は、それほどの腕じゃァねえそうでしてね」

「そうか。……だがな、その三人が江戸で腕の立つ者を雇ったとも考えられるぞ」

加藤はふたりに酒をついでやりながら言った。

「そういやァ、ご家来衆のなかに、三人のうちのひとりが、胡乱《うろん》な牢人と歩いているのを見たという話もありやす」

髭面が声を落として言った。

「そいつは、熊のような大男ではないのか」

加藤は合田のことを口にしてみた。

「いえ、痩せて陰気な顔をした男だと聞いてやすが……」

髭面がそう言って、何か思いついたように、加藤に顔をむけ、何でこんなことを訊くのだ、という目をして加藤を見た。ひょろっとした男の目にも、不審の色がある。仕官を望む者の話とは思えなかったのだろう。

「なに、高館藩の者が、大男と歩いているのを見かけたことがあるのだ」

加藤は適当に言いつくろった。

それから、加藤は当たり障りのないことを訊き、

「どうも、仕官はむずかしそうだな」

と言って、中間の座っている飯台から離れた。

加藤はすぐに金を払って店から出た。さらにねばって、別の中間から訊く手もあったが、これ以上のことは知れないだろうと思ったのだ。

陽は西の空にまわっていたが、日没までにはまだ間がある。加藤は、すこし遠まわりして高館藩の上屋敷の表門の前を通って増上寺へむかった。藩邸内に何か動きがあれば、探ってみようと思ったのである。

豪壮な長屋門だった。乳鋲《ちびよう》を打った堅牢な門扉はとじたままで、屋敷内はひっそりとしていた。変わった様子はなかった。

加藤が門前を通り過ぎて一町ほど歩いたときだった。表門の斜向かいの路傍の松の幹に身を隠していた武士が通りへあらわれ、加藤の跡を尾け始めた。ずんぐりした体軀で、羽織袴姿で二刀を帯びている。通りでよく見かける御家人か、江戸勤番の藩士といった格好だった。

堂本である。堂本は道のなかほどを堂々と歩いていた。そうした姿は、かえって尾行者とは思わせない効果があった。

加藤は一度背後を振り返って堂本の姿を目に入れたが、何の不審もいだかなかった。

増上寺の御成門の前で、左近が待っていた。ふたりは肩を並べて、日本橋の方へ足をむけた。町筋は淡い暮色につつまれ、通りを行き交う人々が足早に過ぎていく。

そのとき、加藤と左近を尾けている堂本の前に、手ぬぐいで頰っかむりした職人ふうの男があらわれた。東次郎である。

堂本は東次郎と入れ替わるように、すこし後方に身を引いた。加藤と左近を、東次郎と堂本が入れ替わりながら尾けていく。

3

加藤は子供の騒ぐ声で目を覚ました。長屋の子供たちが、井戸端の近くで遊んでいる声である。

表の腰高障子に目をやると、強い陽射しが照りつけて白くかがやいていた。もう、五ツ(午前八時)にはなっているはずである。すこし寝過ごしたようだ。

加藤は夜具から身を起こして、大きく伸びをした。小袖に袴のままである。昨日、加藤は愛宕下からの帰りに、左近と飲み、長屋へ帰ってそのまま寝込んでしまったのだ。

加藤の住む仁兵衛《じんべえ》長屋は、本湊町《ほんみなと》にあった。鉄砲州《てっぽうず》と呼ばれる地で、大川の河口に面している。

加藤は手ぬぐいを肩にひっかけ、小桶をかかえて井戸端へむかった。ともかく、顔を洗おうと思ったのだ。

井戸端から家にもどった加藤は、大小を帯びて路地木戸から表通りへ出た。めしを炊くのが面倒だったので、店をあけているそば屋でも見つけて腹ごしらえをしようと思ったのである。

大川沿いの道をすこし歩くと、暖簾《のれん》を出しているそば屋があった。そこで、そばをたぐり酒を一本だけ飲んで店を出た。

加藤は日本橋堺町にある仕舞屋へ行くつもりだった。影目付たちの密会場所である。八丁堀川にかかる稲荷《いなり》橋を渡って八丁堀を抜けると、日本橋へ行くことができる。

そのとき、加藤は背後から歩いてくる男に気付いた。手ぬぐいで頬っかむりした職人ふうの男である。

東次郎であった。むろん、加藤は東次郎のことを知らない。

……あやつ、おれを尾けているのか。

男の歩く姿に、獣が獲物を追うような雰囲気があった。それに、陽が高くなってから職人が空手で歩いているのも不自然である。

……正体をつきとめてやるか。

加藤は、敵を探しまわる手間がはぶけると思った。しかも、相手は町人ひとりである。後《おく》れをとるようなことはないと踏んだのである。

稲荷橋の手前に、鉄砲州稲荷があった。道は人通りのすくない稲荷の杜の脇を通っている。加藤はそこで仕掛けようと思い、すこし足を速めた。ほぼ半町ほどの間隔を保ったまま、男は尾けてきた。

加藤は道をまがったところで小走りになり、稲荷の赤い鳥居をくぐって境内の松の樹陰へ身を隠した。待ち伏せしようと思ったのである。

東次郎は鳥居の前まで走ってきた。そして、周囲に目を配ってから鳥居をくぐり、ゆっくりとした足取りで境内へ入ってきた。

「おい、おれに何か用か」

加藤は樹陰から出て、東次郎の前に歩を寄せた。

「へい、用があるから尾けてきやしたんで」

東次郎は、底びかりのする目で加藤を見つめながら言った。口元にうす嗤いが浮いている。臆《おく》した様子はまったくなかった。

「うぬの名を聞こうか」

加藤は左手で鍔元《つばもと》をにぎり、鯉口《こいぐち》を切った。

「あっしの名は東次郎」

どういうわけか名も隠さなかった。東次郎はふてぶてしい顔をして、懐に手を入れた。匕首でも呑んでいるのであろうか。

「何者だ」

「亡者を始末する鬼のひとりでして」

東次郎が低い声で言った。

「なに、鬼だと。ならば、おれが成敗してくれよう」

加藤が刀の柄《つか》に右手を添えたとき、
東次郎は、スッと身を引き、

「おっと、亡者の相手は後ろのお方だ」

そう言って、懐から何かつかみ出した。手裏剣である。

そのとき、加藤は背後から迫る足音を聞いて、振り返った。牢人体の男が足早に近付いてくる。面長で顎のとがった男だった。細い双眸が陰湿なひかりを帯びている。身辺に、狼を思わせるような雰囲気をただよわせていた。

芝山である。芝山は東次郎と謀《はか》り、この場で待ち伏せしていたのである。

「うぬは何者だ」

加藤が語気を強くして誰何した。

「おれも、鬼……」

言いざま、芝山が抜刀した。

「おのれ！」

加藤はきびすを返して刀を抜いた。東次郎に背中を見せることになるが、まず芝山の斬撃を防がねばと思ったのである。

芝山は両肩を落とし、下段に構えた。切っ先が地面につくような低い下段である。

……手練だ！

加藤は背筋を冷たい物で撫でられたような気がして身震いした。

芝山の構えはゆったりして力みがなかった。ただ刀身を下げているだけのように見えたが、下から突き上げてくるような威圧がある。

加藤は八相に構えると、全身に気勢を込めた。そして、足裏をするようにして自分から間合をつめ始めた。

このとき、加藤には芝山を牽制《けんせい》したり気魄《きはく》で攻めたりする余裕がなかった。東次郎の背後からの手裏剣の攻撃に、脅威を感じていたのである。

加藤は一気に芝山に迫り、斬撃の間境を越えた。

刹那、芝山の全身から剣気が疾った。

タアッ!

トオオッ!

ふたりの気合がほぼ同時にひびき、体が躍動した。

加藤が八相から踏み込みざま袈裟《けさ》に斬り込み、芝山が下段から逆袈裟に斬り上げたのである。

キーン、という甲高い金属音がひびき、白刃がはじき合い、金気がながれた。

次の瞬間、ふたりは背後に跳びながら二の太刀をふるった。

加藤は左胴を、芝山は籠手を——

するどい斬撃だったが、一瞬、ふたりが背後に跳んだため、お互いの切っ先は空を切った。

加藤が背後に跳び、ふたたび八相に構えたときだった。

背後から手裏剣が飛来し、加藤の肩先をかすめた。

瞬間、加藤が首をひねって背後に視線を投げた。この一瞬の隙を、芝山がとらえた。

間髪をいれず、芝山の迅雷のような斬撃が袈裟にきた。

かわす間がなかった。芝山の一颯《いっさつ》は、加藤の肩口から入り、脇腹へ抜けた。

着物が裂け、肉がひらき、肋骨が覗いた。次の瞬間、傷口から血がほとばしり出て加藤の上半身を真っ赤に染めた。

「お、おのれ……」

加藤は苦悶に顔をゆがめて、よろめいた。

芝山は身を引き、大きく間を取って刀身をダラリと下げた。その場に立ったまま、蛇のような目で加藤を見つめている。

加藤はいっとき目をつり上げ、歯を食いしばってつっ立っていた。出血が激しく、袴まで血まみれである。

ゆらっと加藤の体が揺れた。なおも倒れまいと足を踏ん張ったが、二、三歩よろめいて腰から沈むように倒れた。

横たわった加藤はかすかな呻き声を洩らし、身をよじったが、すぐに動かなくなった。絶命したらしい。

東次郎につづいて、稲荷の社の陰から武士体の男が近寄ってきた。堂本である。

「芝山、みごとだな」

堂本が声をかけた。

芝山は無言で倒れている加藤のそばに屈み込むと、血塗れた刀身を加藤の袖口で拭《ふ》きとって納刀した。顔がかすかに紅潮していたが、表情は変わらなかった。

「次は、宇田川左近だな」

堂本が目をひからせて言った。

4

茂蔵が奥の座敷から帳場に出てくると、土間で待っていた万吉が慌てた様子で近寄ってきた。

「旦那さま、お武家さまが殺されていますだ」

万吉が小声で言った。顔がこわばっている。

「だれだ」

「分かりませんが、お武家さまで」

万吉は、名は知らないが茂蔵とかかわりのある者と思ったのかもしれない。

「どこです？」

「鉄砲州の稲荷で」

稲荷は亀田屋のある水谷町から近かった。八丁堀川沿いの道を川下にたどれば、すぐである。

「行ってみますか」

茂蔵は万吉を連れて店から出た。

道々、万吉が話したことによると、今朝方、店の前を通ったぼてふりが口にしたのを耳にし、稲荷まで行って見てきたのだという。

稲荷の鳥居の先に人だかりがしていた。通りすがりのぼてふりや船頭などにまじって、北町奉行所の楢崎と岡っ引きらしい男の姿もあった。八丁堀が近いせいか、駆け付けるのが早かったらしい。

見ると、楢崎の足元に武士体の男が倒れていた。茂蔵は人垣の後ろから、肩越しに覗き込んだ。

……加藤だ！

加藤は仰臥し、苦悶に顔をゆがめていた。肩口から脇腹にかけて着物が裂け、どす黒い血に染まっている。

……手練だな。

加藤は袈裟がけの一太刀で仕留められていた。下手人はかなりの手練とみていい。

茂蔵は悪寒《おかん》を感じ、かすかに身が顫《ふる》えた。下手人は、吉崎家と高館藩の家臣を斬殺した者たちであろう。加藤が影目付と知っての上で襲ったにちがいない。茂蔵が懸念したとおり、一味は影目付の命も狙っているのである。

……だれが、何のためにわれらを狙う。

茂蔵は、憎悪と同時に恐怖を覚えた。相手の正体が知れないだけ、よけい不気味だった。

「だ、旦那さま……」

万吉が茂蔵の袖口をつかみながら小声で言った。声が上ずっている。万吉は加藤のことを知らなかったが、茂蔵の仲間の影目付であることは分かったらしい。

「ひどいことを、するものです」

茂蔵は、わざと他人事《ひとごと》のように言った。加藤とかかわりがあることは、秘匿せねばならなかった。加藤にはかわいそうだが、町方にも影目付の正体を知られるわけにはいかないのだ。

茂蔵は人垣から身を引いた。そして、通りへ出てから、

「万吉、左近さまと弥之助に、今夜、堺町へ来るように伝えてくれ」

と、耳打ちした。万吉は左近と弥之助の住処《すみか》を知っていて、茂蔵が連絡役《つなぎ》に使っていたのである。

その日の夕方、茂蔵は亀田屋を出るとき、注意深く左右に目をくばった。尾行者がいるか、確認したのである。堺町の密会場所を敵に知られるわけにはいかなかった。仲間に連絡がで

きなくなるだけでなく、他の仲間の住処もたぐられるのだ。

茂蔵は途中何度も振り返って、尾行者を確認した。それらしい姿はなかったが、茂蔵はさらに慎重な方法をとった。八丁堀へ出ると、南茅場町《みなみかやば》へ行き、日本橋川の鎧ノ渡を使ったのである。渡し舟を使えば、同船しないかぎり尾行は無理である。

その夜、堺町の仕舞屋に、茂蔵、左近、弥之助が集まった。喜十と岩井の姿はなかった。ふたりには、連絡できなかったのである。

「加藤が殺られました」

顔を合わせるとすぐ、茂蔵が口を切った。

「なに、加藤が！」

左近が驚いたように声を大きくした。弥之助の顔にも驚きの色がある。

「下手人は、吉崎家と高館藩の家臣を襲った者と同じとみていいでしょう」

茂蔵は、鉄砲州稲荷で見てきた加藤の斬殺死体の様子を話した。左近がいるので、物言いは丁寧だった。

「加藤ほどの男が、一太刀か」

左近が声を落として言った。

「何者かは知れませんが、おれたち影目付の命を狙っていることはまちがいないでしょう。

それに、おれたちの動きを承知の上で尾けている節があります」

まず、そのことを伝えるために、茂蔵は左近と弥之助を集めたのである。

「迂闊に出歩けぬということか。……容易ならぬ敵だな」

左近がつぶやくように言った。

「弥之助、このことをお頭と喜十に知らせてくれ」

ふたりにも刺客の手が迫るはずである。

「承知」

そう答えた後、弥之助がつづけた。

「てまえからも、知らせたいことがございます。合田が長屋から姿を消しました」

「なに、合田が」

思わず、茂蔵が声を上げた。

「はい、ふたりの子供の姿もありません」

弥之助によると、二日前から合田とふたりの子供の姿が長屋から消えたという。長屋の住人にそれとなく訊くと、長屋の者たちも寝耳に水だそうである。ただ、家具もあらかた残してあるので、そのうちもどってくるのではないかということだった。

「おれたちが、尾行していることを察知したのだ」

茂蔵の顔がこわばった。

弥之助の尾行は巧みだった。簡単に気付かれるはずはない。おそらく、茂蔵が合田の身辺を探ったことに一味の者が気付き、合田の身を隠したのである。それにしても、打つ手が早い。

「これで、つかんでいた糸が切れたな」

茂蔵が言うと、弥之助が、

「あれだけ人目につく体をしております。それに、ふたりの子連れ。てまえがかならず、行方をつきとめます」

と、虚空を睨《にら》みながら言った。

5

十六夜《いざよい》の月が皓々《こうこう》とかがやいていた。静かな夜である。大気のなかには初夏らしいすがすがしさがあり、かすかに新緑の匂いがした。日本橋川沿いの柳の新緑のなかを渡ってきた風であろう。

町木戸のしまる四ツ（午後十時）を過ぎていた。堺町の仕舞屋を出た茂蔵は、細い路地や新道をたどりながら日本橋へむかった。途中、ときおり背後をうかがって、尾行者の有無を確かめた。堺町の密会場所はまだつきとめられていないはずなので、尾けられるとは思わなかったが、念のためである。

尾けてくる気配はなかった。尾行者はいないようである。

茂蔵は日本橋を渡り、日本橋通りを南にむかった。ここまでくれば、かえって大きな通りの方が安全だと思ったのである。日本橋通りには、ちらほら人影があった。夜鷹《よたか》そば屋や飄《ひょう》客《かく》などである。

茂蔵は京橋を渡るとすぐ、左手にまがった。八丁堀川沿いの道を川下にむかえば、亀田屋のある水谷町はすぐである。

道は細くなり、人影もなくなった。左手に八丁堀川が流れ、右手は板戸をしめた小体《こてい》な表店が並んでいた。足元から八丁堀川の流れの音が聞こえてくる。見ると、川面が月光を映して、白銀を流したようにかがやいていた。静かな夜更けである。

前方に亀田屋の屋根の輪郭がかすかに見えた。亀田屋まで、あと一町ほどである。

……だれかいる！

左手の前方、川岸の柳の陰に、かすかに人影らしき黒い物が見えた。

茂蔵は足をとめなかった。人影はひとつだった。それも、武士ではなく町人体に見えたのだ。ときおり、夜鷹そばや京橋付近で飲んで遅くなった男が通りかかったりするので、人影があっても不思議ではなかった。

茂蔵が十間ほどに近付いたとき、樹陰にいた男が通りに出てきた。どうやら、茂蔵を待っていたようである。

男は黒ずくめだった。黒の半纏に黒股引、黒布で頬っかむりしていた。頬っかむりの間から双眸が夜禽のようにひかっている。身辺に、獲物を狙う獣のような雰囲気がただよっていた。

男は東次郎である。茂蔵はまだ東次郎のことを知らない。

……こいつ、刺客だ！

茂蔵は直感した。同時に、尾行ではなく亀田屋を見張って、茂蔵がもどるのを待っていたのだと知った。

茂蔵は逃げる気はなかった。相手はひとり、しかも武器を手にしていなかった。素手なら、後れをとるようなことはないはずである。

「きさま、何者だ」

茂蔵が足をとめて誰何した。

「亡者どもを、始末する地獄の鬼」

東次郎がくぐもった声で言い、懐に手をつっ込んだ。何か、武器を秘めているらしい。

「おもしろい、亡者の力を見せてやろう」

言いざま、茂蔵は羽織を脱ぎ捨てた。制剛流の柔術で闘うつもりだった。

「おっと、おめえの相手は、後ろのお方だ」

言いざま、東次郎がスッと身を引いた。

そのとき、茂蔵の背後で、おまえの相手はおれだ、という野太い声が聞こえた。

振り返ると、小体な表店の角から、大きな人影があらわれた。

……合田か！

その巨漢を見て、茂蔵はすぐに察知した。

合田はずかずかと大股で近寄ってきた。月光に黒ずくめの巨体が浮かび上がった。焦茶の筒袖に同色のたっつけ袴だった。まさに、巨熊のようである。

「おぬしも、鬼か」

茂蔵がなじるように言った。

「亡者と鬼、おたがい、いい相手ではないか」

合田が両腕を前に突き出すように身構えた。関口流柔術で闘うつもりのようだ。

丸い地蔵のような顔が赭黒く染まり、細い目がするどいひかりを放っていた。小鼻の張った剽げた顔が、かえって不気味である。

「やるしかないようだな」

茂蔵はすばやく袴の股《もも》だちをとった。

茂蔵も巨軀だった。巨軀と巨軀、柔術と柔術の勝負である。

茂蔵は背後にいる男のことが気になったが、合田と勝負しているときは仕掛けてこないだろうと読んだ。刃物であれ、飛び道具であれ、ふたりで体を密着させているときは仕掛けられないはずである。

「行くぞ」

合田が足裏をするようにして、接近してきた。巨岩が迫ってくるような凄《すさ》まじい迫力である。

「おお！」

茂蔵も両手を前に出して身構えた。

ムズ、と合田が茂蔵の左の袖口と右の肩口をつかんだ。万力《まんりき》のような力である。茂蔵も、合田の左の袖口と襟元をつかむ。がっぷりと組んだのだ。合田の方がひとまわり大きいが、巨獣が組み合っているような迫力があった。

ウオオッ！

雷鳴のような吼《ほ》え声を上げ、合田が茂蔵を引き寄せ、腰に乗せようとした。茂蔵は背後に腰を引いて逃れる。

正面に向き直った瞬間、茂蔵が足払いをくれた。かすかに、合田の巨体がかたむいたが、そのまま茂蔵は体をあずけ、片足をかけて引いた。

グラッ、と合田の体が揺れ、腰がくずれた。

間髪をいれず、合田が茂蔵に体を密着させて腰を沈めた。次の瞬間、茂蔵の体が空に浮いた。

咄嗟に、茂蔵は右腕の肘《ひじ》で合田の喉元を突き上げ、合田の引き手を殺した。体がひっくり返され、背中からたたきつけられるのを防いだのである。

茂蔵は川岸の叢《くさむら》に投げ飛ばされたが、腕と両膝をついて着地し、猫のように跳ね起きた。

合田は激しい勢いで迫ってきた。獲物を追う巨熊である。

……かなわぬ！

と、茂蔵は察知した。まともに柔術でやりあったら、合田の方が上だった。

「勝負だ！」

叫びざま、合田が丸太のような右腕を伸ばして茂蔵の襟元をつかもうとした。

瞬間、茂蔵はその腕を払い、背後に大きく跳んだ。

合田はさらに迫り、今度は茂蔵の袖口をつかもうとした。すかさず、茂蔵が大きく背後に跳ぶ。

と、片足が叢をすべり、茂蔵の体が傾いた。着地しようとした場所は雑草の生い茂った川岸の斜面だった。

茂蔵は飛び込むように体を倒し、斜面を転がった。ザザザッ、と丈の高い萱や葦《よし》などをなぎ倒す音がひびき、茂蔵の体が水際でとまった。すぐに、茂蔵は起き上がり、群生した葦を掻《か》き分けて川のなかへ踏み込んだ。

合田が追ってきたが、水際で足がとまった。川のなかまで追う気はないようだ。

「逃がすな、追え！」

町人体の男の声が頭上で聞こえ、次の瞬間、何かが肩先をかすめて水面に突き刺さった。

……手裏剣！

町人体の男の遣う武器は手裏剣のようだ。

茂蔵は、バシャ、バシャ、と川のなかへ走り込んだ。逃げるしか助かる手はなかった。

川はすぐに膝から腰へと深くなった。手裏剣が飛来した。左の二の腕をかすめ、着物が破れたが、茂蔵は足をとめなかった。

水深が胸ほどになると、茂蔵は水のなかに身を沈めて流れにまかせた。すぐに、茂蔵の体は下流に運ばれた。

茂蔵は二町ほど流されてから対岸の岸辺に這い上がった。そこは八丁堀である。

土手の斜面をよじ上りながら対岸を見ると、遠方にかすかに黒い人影らしきものが見えた。合田と町人体の男のようだが、追ってくる様子はなかった。もっとも、追ってきても、ふたりが上流か下流に走って橋を渡ってくる間に、茂蔵は姿を消すことができるだろう。

……何とか、命だけは助かったようだ。

茂蔵は土手を這い上がり、路傍に尻餅をついて、ハァ、ハァと荒い息をついた。全身濡れねずみで、綿《わた》のように疲れていた。髷も元結《もとゆい》が切れて、ざんばら髪である。何とも情けない姿だった。

その夜、茂蔵は亀田屋にはもどらず、堺町の仕舞屋に引き返した。合田と町人体の男が待ち構えている恐れがあったからである。

6

茂蔵はそのまま堺町の仕舞屋に身を隠した。亀田屋が茂蔵の住居であることをつかまれている以上、いつ襲われるか分からなかったからである。それに、茂蔵の動きを尾行されて、仲間の埒をたぐられる恐れもあった。

亀田屋には、弥之助に頼んで、数日、買い付けのために店をあけると番頭の栄造に言伝《ことづて》してもらった。

それを聞いた栄造は、

「店の方はご心配なされず、ゆっくり楽しんでいただくようお伝えください」

と、口元に卑猥な嗤いを浮かべて言った。

茂蔵は、碁敵の屋敷に泊まるとか、買い付けに遠方へ出かけるとか言って、店に帰らないことがしばしばあった。影目付の任務のためなのだが、番頭の栄造は茂蔵が日本橋方面のどこかに妾《めかけ》を囲っていて、そこに泊まり込んでいる、と勝手に思い込んでいた。もっとも、店をあけることに不審を抱かせないよう、茂蔵がわざとそれらしい話をにおわせていたからである。

茂蔵が仕舞屋に身をひそめて、四日目の夜だった。弥之助が姿をあらわした。顔がこわばっている。何かあったらしい。

「どうした、弥之助」

顔を合わせるなり、茂蔵が訊いた。

「左近さまが、襲われました」

「なに！」

茂蔵の顔から血の気が引いた。

「それで、命は」

左近とは影目付になってから、共にたたかってきた仲である。

「命に別条はございません。ただ、しばらくは刀が遣えないかと」

弥之助は左近が襲われたときの状況を話した。ただ、いっしょにいたわけではなく、左近から聞いた話らしかった。


昨日の夕方、左近は日本橋小舟町の長屋から、日本橋川沿いにある吉盛屋《よしもりや》という一膳めし屋に出かけた。ふだん、酒を飲みに出かけている店である。その日はかるく酒を飲み、菜めしで腹ごしらえをして半刻（一時間）ほどで店を出た。頭のどこかに襲われるかもしれないという思いがあり、深酒する気になれなかったのである。

店から出ると、通りは夜陰につつまれていた。店から出て半町ほど歩いたとき、左近は路傍に立っている黒装束の男に気付いた。

黒半纏に黒股引、黒布で頬っかむりした町人体の男である。東次郎だった。むろん、左近は東次郎の名を知らない。

……出おったな！

左近は、すぐに吉崎家と高館藩の家臣、それに加藤を斬殺した一味のひとりであることを察知した。

男は忍び足で黒い獣のように身を寄せてきた。尋常な男ではないようだ。

「おれが始末してやる」

そうつぶやいて、左近が抜刀したときだった。

背後に痺《しび》れるような殺気を感知し、振り返った。

五間ほど離れた路傍に、もうひとり黒ずくめの男の姿があった。牢人体である。

男は、すでに抜刀していた。足早に迫ってくる。細い双眸が獲物を追う狼のように、ひかっていた。

芝山である。

「うぬは、おれが斬る」

言いざま、芝山は下段に構えた。

左近はすばやい動きで日本橋川を背にして立った。そして、東次郎にも目をくばりながら、切っ先を芝山にむけた。

……加藤を斬ったのは、こやつか。

直感だったが、左近はまちがいないような気がした。

つ、つ、と、芝山が身を寄せてきた。下から突き上げてくるような威圧がある。

芝山は一気に斬撃の間へ迫ってきた。左近が半身に構えているのを見て、斬れると踏んだらしい。

芝山の右足が斬撃の間境を越えた刹那、剣気が疾った。

タアッ！

するどい気合を発し、芝山が下段から逆袈裟に斬り上げた。

左近はその斬撃を受けなかった。スッ、と一尺ほど身を引いただけである。芝山の切っ先が、左近の鍔元をかすめて流れた。芝山の切っ先の伸びを見切ったのである。

刹那、左近が刀身を横に払った。

芝山の着物の左の肩口が裂けて、細い血の線がはしった。だが、かすり傷である。間を取って反転した芝山の顔に驚愕《きょうがく》の色が浮いた。左近が、これほど遣えるとは思っていなかったのであろう。

だが、すぐに芝山の顔から驚きの色は消えた。双眸が燃え、全身に気魄がみなぎっている。強敵を前にし、剣客としての闘気が高まったらしい。

ふたたび、芝山は下段に構えて間をつめてきた。

そのとき、町人体の男が動いた。

……手裏剣か！

その身構えから手裏剣を打つと察知した左近は、一瞬、体を右手に倒した。

飛来した手裏剣は、左近の肩先をかすめて闇に吸い込まれた。

が、この咄嗟の動きを、芝山は見逃さなかった。左近が手裏剣をかわすために体を倒した一瞬をとらえて、下段から逆袈裟に斬り上げたのである。

その切っ先が、左近の左肩口をとらえた。着物が裂け、血が噴いた。次の瞬間、左近は右手に跳んで芝山との間をとった。

……かなわぬ！

と、左近は察知した。手裏剣と芝山の攻撃は脅威だった。ふたりの手にかかったら、相当の手練でも仕留められるだろう。

ここは逃げるしか手はない、と察知した左近は、躊躇《ちゅうちょ》しなかった。

イヤアッ！

突如、左近は裂帛《れっぱく》の気合を発し、芝山に斬りかかった。

この唐突な仕掛けに芝山が気圧《けお》され、脇へ跳んで逃れた。左近は突進した。芝山の脇をすり抜け、そのまま反転せずに疾走した。

「逃がすな！」

東次郎が叫んだ。

芝山がすぐに後を追った。だが、そのために、左近と芝山の体が重なり、東次郎は手裏剣を打つことができなかった。

左近は吉盛屋まで駆けもどった。このまま逃げられないことは分かっていた。東次郎の方が足が速いと察知していたのである。

左近は吉盛屋に駆け込んだ。前にも使った手だった。左近は、飛び込んできた男に驚く客や店の親父を尻目に飯台のそばを駆け抜け、板場のある裏口から店の外へ飛び出した。裏口から細い路地が、別の通りへつながっていることを知っていたのである。

ふたりの男は吉盛屋のなかまで追ってきたようだったが、裏口から出てこなかった。左近が裏口から別の路地へ逃れたことまでは分からなかったらしい。

……逃げられたようだな。

左近は走るのをやめて、歩きだした。

そのときになって、左肩に疼痛《とうつう》があるのに気付いた。見ると、出血が激しい。思ったより深手のようだ。左近は裂けた着物を傷口にあてがい、強く押さえた。出血をとめなければならない。

左近は小舟町の長屋にもどらなかった。襲われる危険があったのだ。

ふたりの男は、左近が吉盛屋へ入ったのを知っていて待ち伏せていたのである。左近の住む長屋を知っていて、吉盛屋まで尾けたにちがいない。

左近は、どこへ行こうか迷った。影目付が密会場所にしている堺町の仕舞屋は近かったが、向かう途中、ふたりの男に発見される恐れがあった。結局、左近はすこし遠いが弥之助の住む深川の長屋まで行って身を隠すことにした。

そこまで話すと、弥之助は一息つき、

「それで、左近さまは、てまえの長屋に身を隠しておられます」

と、言い添えた。

茂蔵は弥之助の話を聞いて鳥肌が立った。敵は茂蔵の住居だけでなく、加藤や左近の住居もつかんでいたのである。そして、尾行し、待ち伏せ、複数で挟み撃ちにして、ひとりひとり仕留めようとしたのだ。

「狩りだな」

茂蔵がけわしい顔で言った。

「狩り……」

「そうだ、われら影目付を皆殺しするために、やつらは狩りをしているのだ」

茂蔵の顔に憤怒《ふんぬ》の色が浮いた。顔が怒張したように赭黒く染まり、つり上がった双眸が熾《おき》火《び》のようにひかっていた。不動明王を思わせるような形相である。

7

柳橋に菊屋《きくや》という老舗の料理屋があった。そこの二階の桔梗《ききよう》の間に、岩井、茂蔵、弥之助、喜十、それにお蘭が座していた。

菊屋は料理がうまい上に、落ち着いた雰囲気があった。それが気にいって、岩井は御目付の要職にあったころから馴染《なじ》みにしていたのである。

岩井は菊屋に行くと、かならずお蘭を呼んだ。店の女将《おかみ》のお静《しず》も、岩井がお蘭を贔屓《ひいき》にしていることは知っていて、岩井が顔を出すとかならずお蘭を呼んでくれた。

ただ、この日はお蘭に会うためではなかった。弥之助から事情を聞いた岩井は、亀田屋も堺町の仕舞屋も危険だと思い、菊屋に集めたのである。むろん、店の者に不審をいだかせないよう、今夜の宴席は岩井家に出入りしている献残屋の招待ということにしてあった。

四人の男の前に酒肴《しゆこう》の膳が並べてあったが、ときおり杯をかたむけるだけで、料理に箸《はし》を伸ばす者はいなかった。

「このままでは、われら影目付は皆殺しというわけか」

茂蔵からあらためて話を聞いた岩井が、重い声で言った。

「一味は、すくなくとも三人おります」

茂蔵が言った。

合田、手裏剣を遣う町人体の男、それに剣の手練の牢人である。

「高館藩を出奔した三人ではないのだな」

「ちがいます。合田は江戸で関口流柔術を学んだ牢人で、高館藩とのかかわりはないはずです。それに、手裏剣を遣う男は、忍びの術を遣うようです」

「忍びの術とな」

岩井が驚いたような顔をした。

「伊賀者と思われます」

茂蔵の声は静かだったが、断定するようなひびきがあった。

「柔術、忍術、剣の達者か。特殊な武芸を身につけた男たち……。刺客とみていいな」

岩井は顔をけわしくして腕を組んだ。

「三人だけでなく、他にもいるような気がします」

茂蔵は、三人を指図する頭格の人物がいるのではないかとみていた。

「わしもそう思う」

「きゃつら、鬼と名乗っております。それに、われらのことを亡者と呼びましたゆえ、影目付であることも知っていると思われます」

「うむ……」

岩井は腕を組んだまま虚空を見すえていたが、

「中里杢兵衛かもしれぬな」

と、低い声でつぶやくように言った。

「中里！　すると、死なずに生きていたと……」

茂蔵が目を剝いた。弥之助と喜十も息を吞んで、岩井を見つめている。すでに岩井を頭とする影目付は中里たち闇仕置と戦い、殲滅させたはずである。ただ、茂蔵の胸にも、あるいは中里を頭目とする闇仕置ではないかという思いはあった。

「わしは、確かに中里を斬った。だが、神田川から中里の死体は揚がっておらぬ。きゃつが生きていて、新たに闇仕置を組織したのなら、すべて腑に落ちる」

「ですが、お頭、闇仕置が、なにゆえ高館藩の騒動に手を出したのです」

茂蔵が訊いた。

「高館藩の家臣と吉崎家の者を斬ったのは、伊豆守さまのご配慮でお世継ぎ問題を収めた高館藩の騒動を煽《あお》りたてるためであろう。騒動が再燃すれば、伊豆守さまのお顔に泥を塗ることができるからな。……ただ、それだけでは、ないかもしれぬな」

岩井はいっとき黙考していたが、

「われら、影目付をおびき出すための策かもしれぬ」

と、小声で言った。

「どういうことでございます」

「吉崎さまの家来が、得体の知れぬ者に斬り殺されれば、われら影目付が探索に乗り出す。一味はそれを読んで、姿をあらわしたわれら影目付を尾行し、住居をつかみ、襲って殺した。そうみたら、どうだ」

岩井が座している三人に目をやりながら言った。

「そうか！　それで、左近さまや加藤の住処がつかまれたのか」

茂蔵が思わず声を大きくした。一味は吉崎家と高館藩の近辺に張り込み、あらわれた左近と加藤の跡を尾けたにちがいない。弥之助と喜十も合点したらしく、目をひからせてうなずいた。

「まだ、中里と決まったわけではないが、いずれにしろ、一味がわれら影目付を皆殺しにしようとしていることはまちがいない」

「いかさま」

「手をこまねいて見ていることはあるまい。鬼と名乗る者どもを成敗してくれようではないか」

岩井が語気を強くして言った。燭台《しょくだい》の火を映した双眸が猛虎のようにひかっている。影目付の頭目らしい凄みのある顔である。

そのとき、その場のやり取りを黙って聞いていた喜十が顔を赭黒く染めて、

「畜生、ひとり残らずたたっ斬ってやる」

と、怒りの声を上げた。

茂蔵と弥之助の顔も紅潮していた。敵の正体が見えてきて、あらたな怒りと闘志が湧いたのである。

それから、岩井たち四人は、敵の尾行に気をつけるとともに、敵の塒をつきとめるための策などを話し合った。

「あたしは、何をすればいいんです」

男たちの話が一段落したところで、お蘭が訊いた。

「お蘭は、客のなかに高館藩や吉崎家のことを口にする者がいたらそれとなく、話を聞いて

くれ」

柳橋の料理屋には、藩の留守居役や大身の旗本などが客として顔を出すことが多かった。それとなく噂話を聴取すれば、何か探索に役立つかもしれない。

「それだけ……」

お蘭は不服そうな顔をした。

岩井はお蘭にたいした期待はせず気軽に頼んだのだが、数日後にお蘭は出奔した高館藩士の情報をつかみ、岩井を喜ばせることになる。

「そのうち、大事なことを頼むかもしれぬがな」

岩井は微笑して、膳の上の杯を取った。

それを見たお蘭は、芸者として座敷に来ていることを思い出したらしく、慌てて銚子を取り、

「さァ、さァ、みなさんも飲んでくださいな。ここは極楽、飲んで唄って、楽しみましょう」

と、陽気な声を上げた。

第四章　闇の攻防

1

風が強く、群生した葦がザワザワと揺れていた。八丁堀川の川面が波立っている。夜空を黒雲が流れ、ときおり月を隠して辺りの闇を濃くしていた。

五ツ（午後八時）前である。弥之助は八丁堀川の岸辺の葦のなかに身を隠していた。その場から、斜向かいに亀田屋の店先が見える。表戸をしめ、ひっそりと夜の帳に沈んでいる。

影目付たちが柳橋の菊屋に集まったとき、敵の塒をつきとめるための策が話し合われたが、

「どうも、亀田屋は以前から見張られていたような気がする」

と、茂蔵が言った。

「それなら、てまえが亀田屋を見張り、それらしい者があらわれたら尾けてみましょう」

弥之助はそう言って、次の日からこの場にひそんで店先を見張っていたのである。

一日中、見張っているわけではない。暮れ六ツ（午後六時）ごろから、四ツ（午後十時）ごろまでである。敵が動くとすれば、日中より夕方から夜にかけてであろうと読んだからだ。

弥之助がこの場にひそむようになって三日目だった。まだ、それらしい者は目にしていなかった。

八丁堀川沿いの通りは、陽が沈んで表店が店仕舞いをすませると、急に人通りが途絶え、ときおり飲みにでも出かけるらしい若者や京橋方面へ商いに出る夜鷹そばなどが、通ったりするだけである。

……旦那のことは、あきらめたかな。

弥之助は、ふだん使っている町人言葉でつぶやいた。

このところ、茂蔵が店にもどっていないことは敵も気付いているだろう。茂蔵のことはあきらめて、他の影目付を探し出すことに専念している可能性もあった。

弥之助が腰を伸ばそうと、葦のなかで立ち上がったときだった。京橋の方から歩いてくる人影が見えた。

弥之助は慌てて身を屈めた。闇にとける茶の筒袖とたっつけ袴で来ているが、夜目の利く者ならそこに人がいると気付くかもしれない。

歩いてくる男は黒の半纏に黒股引姿だった。ほっそりした体軀である。男は、なぜか白っぽい手ぬぐいで頰っかむりしていた。その手ぬぐいが、夜陰のなかに浮き上がったように見えていた。どこの通りでも見かける職人か大工といった格好である。

……あの男、二度目だな。

弥之助は陽が沈む前、その男が亀田屋の店先を通ったような気がした。そのときは、道具箱を担ぎ、頬っかむりはしていなかったはずだ。夜更けてから、道具箱を担ぐのは不自然なので頬っかむりに替えたのであろうか。

男は亀田屋に目をやりながら、ゆっくりと歩いていく。

と、亀田屋の前まで来たとき、男の姿が掻き消えた。思わず、弥之助は腰を上げて目を見張った。

消えたのではない。男は亀田屋の軒下闇に入り、手ぬぐいを取ったのだ。そのため、闇にとけて弥之助の目に消えたように見えたのである。

……やつだ！

弥之助は確信した。

刺客のひとりにちがいない。遠方ではっきりしなかったが、男は表戸に身を寄せてなかの様子をうかがっているのだ。奉公人たちの会話を耳にしているのかもしれない。

いっときすると、男は軒下闇から出てきた。また、手ぬぐいで頬っかむりし、何気ない様子で川下の方へ歩いていく。

弥之助は、そろっと葦のなかから出て、土手の斜面を上った。幸い、風音が弥之助の立てる物音を消してくれた。

通りへ出た弥之助は、半町ほど間を取って男の跡を尾け始めた。弥之助の装束は闇に溶けたが、物陰や軒下闇などをつたって慎重に尾けた。

男は八丁堀川にかかる中ノ橋を渡って八丁堀へ出た。そして、町方同心の組屋敷や与力の屋敷のつづく通りを抜け、江戸橋を渡って魚河岸のある日本橋川沿いの通りへ出た。

……堺町へ行く気か。

男は、茂蔵のひそんでいる仕舞屋のある堺町へむかっていた。

だが、ちがうようだった。男は掘割にかかる橋のたもとで足をとめると、その場にたたずみ、左手につづく掘割の方へ目をむけていた。

すると、掘割沿いの道に人影があらわれた。これも黒装束である。ただ、刀を一本落とし差しにしていることから、中背の牢人であることが知れた。

……仲間だ！

弥之助は、左近を襲ったふたり組のうちのひとりではないかと思った。ふたりの装束と体軀などを聞いていたからだ。

……そうか、牢人は左近の旦那の長屋を見張っていたのか。

左近の住む長屋は、牢人体の男が歩いてきた先の小舟町にあったのだ。どうやら、ふたりは手分けして、茂蔵と左近の行方を探していたらしい。

ふたりは歩きだした。日本橋川沿いの道を下流にむかって歩いていく。そこは小網町である。ふたりはしばらく歩いたところで足をとめ、道沿いにあった小料理屋の暖簾をくぐった。

弥之助は足音を忍ばせて、店先へ近付いた。掛行灯に升野屋《ますのや》と記してあった。格子戸のむこうから、くぐもったような男の濁声《だみごえ》や、嬌声《きょうせい》が洩れてきた。

……一杯、やっていくのか。

弥之助は、どうしたものか迷った。腰を落ち着けて飲み始めれば、一刻（二時間）以上は出てこないだろう。

それに、弥之助は腹がへっていた。どこかで、めしでも食ってくるか、と思ったが、弥之助は思いとどまった。この場にもどるまでの間に、ふたりが店を出るかもしれない。せっかく、一味の尻尾《しっぽ》をつかんだのである。ここで、見失いたくなかった。

弥之助は川岸を見まわし、桟橋につづく石段があるのを目にすると、石段を下りて身を隠した。

桟橋には数艘《そう》の猪牙舟《ちょき》が舫《もや》ってあり、風に揺られて水音を立てていた。雲間から出た月が、川面を淡い銀色のひかりでつつんでいる。

思ったとおり、ふたりはなかなか出てこなかった。升野屋の格子戸があき、ふたりが姿を見せたのは、一刻を過ぎてからだった。

ふたりは通りへ出ると、立ちどまって言葉をかわし、左右に別れた。それぞれの塒へ帰るのだろう。

町人体の男は日本橋の方へむかい、牢人は行徳河岸の方へぶらぶら歩いていく。

……どっちを尾ける。

弥之助は迷ったが、すぐに牢人を尾けることを決めた。町人体の男より尾けやすいと思ったからである。

弥之助は町人体の男の後ろ姿が闇のなかに見えなくなってから、通りへ出た。牢人の足は遅く、まだ半町ほど先にあった。弥之助は闇の深い場所をたどりながら、牢人の跡を尾けた。

牢人はいっとき歩くと、左手へまがった。そこは行徳河岸の手前で、まだ小網町である。

弥之助は走った。ここで、牢人を見失うわけにはいかなかった。

狭い路地の先に牢人の姿があった。酔っているのか、足取りがすこし乱れている。

牢人は一町ほど歩くと、表長屋の間の路地木戸を入っていった。路地木戸の先は長屋である。

……やつの塒はここだ。

弥之助は確信した。

路地木戸の脇に小店の足袋《たび》屋があった。店はしまっていたが、軒先に足袋の足形の看板が出ていたのでそれと分かったのである。

弥之助は、足袋屋を目印にしようと思った。これから先は明日である。まず、牢人の素性を探らねばならない。

2

翌日、弥之助は路地木戸の脇にある足袋屋へ来た。店先に並んでいた男物の足袋を手にして、土間の奥の座敷にいた四十がらみの親父に声をかけた。座敷といっても三畳ほどの狭いところで、そこにも股引と足袋が並んでいる。股引も足袋屋で製造して、売ることが多いのだ。

「おや、お目が高い。その品は、安いわりに丈夫でしてね」

親父は満面に愛想笑いを浮かべて近寄ってきた。調子のいい男である。

「親父、ちと、訊きたいことがあってな」

表黒の木綿《もめん》足袋を手にしたまま言った。

「何でしょう」

親父の愛想笑いが半分消えた。足袋を買いに寄ったのではない、と思ったのかもしれない。

「昨日、その木戸を入っていった牢人の姿を見かけたんだが、名は分かるかい。なに、おれが、やくざな連中にからまれてるとき、通りかかって助けてくれた牢人に、よく似てたんだ。その牢人は名も告げずに、行っちまったんでな」

弥之助はもっともらしく言った。

「そこの庄五郎店《しょうごろうだな》には、牢人がふたりいますが」

親父は、その足袋、どうします、という顔をして、弥之助の手にした足袋に目をやった。買うか、買わないのか気になっているようである。

「背丈は、おれくれえかな。刀を一本だけ差してたな。……この足袋かい。もらうよ」

弥之助がそう言って足袋を渡すと、親父はまた満面に笑みを浮かべた。

「そうですか、そうですか。……その牢人は、芝山宗三郎さまですよ」

「独り暮らしかい」

弥之助は芝山という名に覚えがなかった。

「そのようです」

四十文ですが、と親父が言い添えた。

弥之助は巾着《きんちゃく》を懐から出し、

「懐は温けえように見えたが、何をなさってるんだい」

そう訊いて、ゆっくりと銭を数えだした。

「さァ、てまえには分かりませんが、何でも剣術がお強く、道場でご指南されていたと聞いたことはありますが……」

親父が、弥之助の銭を数える手元を見ながら言った。

「おれが、助けてもらったとき、もうひとりお侍がいたんだがな。この長屋に、訪ねてくることはねえかい」

弥之助は、芝山が刺客一味なら、仲間がいるだろうと思ったのだ。

「そういえば、お武家さまといっしょに歩いているのを見たことがありますよ」

親父は手を出した。弥之助が数え終わったのを確認したようだ。

「牢人じゃァねえのかい？」

弥之助は銭を渡しながら訊いた。

「いえ、れっきとしたお武家さまでしたよ」

親父によると、羽織袴姿で二刀を帯びていたという。

「分かった。熊のような大男だろう。そのお方も、そばにいたんだ」

弥之助は合田のことを口にした。

「いえ、大柄でしたが、それほどではありませんよ」

そう言って、親父は不審そうな目で弥之助を見た。岡っ引きの聞き込みのように感じたのかもしれない。

弥之助はかまわず、さらに芝山の暮らしぶりなどを訊いてから、足袋を手にして店を出た。

翌日の午後、弥之助は左近を連れて庄五郎店の近くに来ていた。昨日、弥之助は小網町から帰るとすぐ左近に、亀田屋の前からふたりの男を尾行し、芝山の塒をつかんだことを話した。すると、左近が、

「一目見れば、おれを襲った男か分かるはずだ」

そう言って、いっしょに来たのである。

左近の左肩の傷は治っていなかったが、歩くのに支障はなかった。ただ、まだ刀はふるえなかったので、深編み笠をかぶって顔を隠していた。敵と鉢合わせするのを避けようとしたのである。

弥之助と左近は小網町へ来ると、庄五郎長屋につづく路地木戸の斜向かいにある板塀の陰へ身を隠した。

八ツ（午後二時）ごろで、通りにはちらほら人影があったが、ふたりの姿は通りからは見

えなかった。

「そろそろ、出てくるはずですぜ」

弥之助が、昨日、話を聞いたとき、足袋屋の親父が、芝山さまは、このところ八ツ近くになると出かけるようですよ、と言っていたのだ。

「旦那、来やしたぜ」

弥之助が言った、町人言葉である。身装《みなり》が職人ふうだったので、自然に出たのであろう。

姿を見せた牢人は、濃い茶の小袖と同色の袴だった。黒鞘の大刀を一本落とし差しにしている。

「あの男だ」

左近が声を殺して言った。目が射るように牢人を見すえている。

「やっと、尻尾をつかんだぜ」

弥之助は、芝山をたぐれば他の仲間もつかめると思った。

3

お蘭は、廊下ですれちがった武士が気になった。陽に灼《や》けた肌をした三十がらみの男だった。牢人ではなかったが、なんとなく硬く、野暮ったい感じがした。

菊屋には武家の客もめずらしくなかったが、大名の御留守居役や大身の旗本が多く、酒席でも余裕があり遊び慣れた感じがするのである。

お蘭は、帳場から出てきた女将のお静に、

「いま、ここを通ったお客さん、どなたかしら」

と、小声で訊いた。

「さア、わたしも知らないんだけど。後でご挨拶にうかがうから、お蘭さん、いっしょに来てくださいな」

お静がお蘭の耳元で言った。

お静によると、二階の梅の間に入った武家ばかりの五人の客で、何人かは旗本ではなく江戸勤番の藩士らしいという。

梅の間は階段を上がったところにある座敷で、初めての客を案内することが多かった。

それからいっときして、お蘭はお静に連れられて、梅の間に挨拶に出向いた。

座敷には、五人の武士が座していた。恰幅《かっぷく》のいい武士が、床の間を背にしてゆったりと座っていた。座の中心人物らしい。その武士の右手に、腕や首の太いずんぐりした体軀の武士がいた。その武士も落ち着いてどっしりと座っていたが、他の三人はすこし硬くなっていた。

おそらく、こうした料理屋は初めてなのだろう。

「女将のお静ともうします。よく、おいでくださいました。……こちらは、お蘭さん」

お静がそう言って紹介すると、

「お蘭ともうします。以後、ご贔屓に」

と言って、畳に指先をついて頭を下げた。

「さァ、さァ、こっちへ来て、酌をしてくれ」

正面に座した武士が、顔をほころばせて言った。小紋の上物の羽織だった。身分のある武士かもしれない。この男はこうした宴席に慣れているようだった。

お蘭は正面の男の膝先に身を寄せて座し、銚子を取った。

「おひとつ、どうぞ」

「すまんな」

武士は目を細めて杯を取った。

「お名前を教えてくださいな」

お蘭は、武士が杯を干したのを見て訊いた。

「名前か。今日のところは、柳橋三五郎《やなぎばしさんごろう》ということにしておこう。今年で、三十五だからな」

武士はそう言って笑った。

咄嗟に思いついた偽名である。柳橋は店のある地名、三五は自分の歳からとったようである。

「三五郎さま、それでは、もう一杯」

お蘭は色っぽい微笑を浮かべて、酒をついだ。

それから、お蘭は他の四人にもまわり、酒をつぎながら名や素性をそれとなく訊いたが、どの男も適当な偽名を使い、身分もどこの家中の者かも口にしなかった。ただ、そこまで隠すと、何か正体を明かせない事情でもあるのでは、と却《かえ》って疑念をいだかせる。

お静が帳場にもどり、小半刻（三十分）ほどして、お蘭も他のお座敷があるからと言って、座敷を出た。

ただ、お蘭は他の座敷へは行かなかった。階下を下りるとみせて、空いていた隣の座敷へ入ったのである。

男たちのくぐもった声が聞こえてきた。小声で話しているのか、話の内容までは聞き取れない。

お蘭は、足音を忍ばせて隣部屋との境になっている襖《ふすま》のそばに近寄った。男たちの声がすこしはっきりしてきた。断片的に聞き取れる。

男たちの会話から、岸山《きしやま》と堂本という名が知れた。その声から、床の間を背にして座った男が岸山で、ずんぐりした体軀の男が堂本であることが知れた。

さらに、高館藩という声が聞こえた。いっときして、秋本どの、という堂本の声が聞こえた。どうやら、三人の男のなかに秋本という名の男がいるらしい。つづいて、早く手を打たねば……、われら犬死にでござる……、討っ手が迫っている、などという昂った声が聞こえた。

しばらくしたとき、堂本の、厠《かわや》へ、という声がし、畳を踏む足音が聞こえた。堂本が厠に立ったらしい。それを機に、男たちの話が出された料理のことや両国広小路の賑わいなど、とりとめのないものに変わった。

いっときして、廊下を歩く足音がし、堂本がもどってきた。ふたたび内密な話になるかと思ったが、岸山が吉原や猿若町の芝居小屋などのことを口にし、それに合わせるように冗漫な話になった。

これ以上、盗み聞きする必要もないと思い、お蘭はそっと座敷を抜けた。そして、帳場にもどると、お静から次の座敷を訊いた。

二日後の夜、菊屋の桔梗の間に岩井、茂蔵、お蘭の顔があった。お蘭が堺町にひそんでいる茂蔵に会い、岩井に連絡してもらったのである。

岩井と茂蔵が酒を酌み交わしたのを見てから、

「高館藩の家臣が来ましたよ」

と、お蘭が口を切った。

そして、お蘭が、岸山と堂本の名を口にしたとき、岩井の顔が急にけわしくなった。

「岸山柳史郎《りゆうしろう》と堂本惣十郎であろう」

岩井が語気を強めて言った。

「お頭、岸山と堂本という男は」

茂蔵が訊いた。

「岸山は御小姓頭取で、御側衆の板倉さまの腰巾着と噂されている男だ。これで、背後に板倉がいることが、はっきりしたな」

岩井が虚空を見すえながら言った。双眸にするどいひかりが宿っている。

「堂本は」

「きゃつは、以前御徒組頭だった男で、中里の配下だったのだ。それに、中里とは馬庭念流の同門でもあったはず」

板倉の指示を受けた岸山が、中里の配下である堂本と接触したらしい。岩井には、事件の背後に隠れていた首謀者の姿がはっきりと見えてきた。

「やはり、中里が……」

茂蔵が低い声で言った。

「これで、事件の黒幕が見えてきたな」

やはり、黒幕は中里である。何か理由があって、中里は姿を見せなかったようだが、生きているとみていい。

その中里を陰で指図しているのが、板倉であろう。その板倉の上には、信明と対立して幕府の実権を掌握しようと画策している水野忠成がいる。水野、板倉、岸山、中里、堂本とつながっていたのである。

「お蘭、話のなかに高館藩のことも出たそうだな」

岩井が声をあらためて訊いた。

「はい、はっきりしませんが、早く手を打たねばと言ったのが聞こえました。それに、討っ手のことなどを話していたようです」

お蘭は語尾を濁した。会話の断片が聞こえただけなのである。

「うむ……」

いずれにしろ、信明の顔をつぶすために、板倉が中里を通して高館藩の騒動を煽りたてようとしていることはまちがいないようである。

「三人のひとりは、秋本という名でしたよ」

お蘭がそう言うと、茂蔵が、

「店に来た三人は、秋本、根岸、三木沢ではないでしょうか。いずれも、高館藩を出奔した者たちです」

と、言い添えた。

「そのようだな。お蘭、三人の居所は知れぬか」

岩井が訊いた。三人の居所が知れれば、高館藩の討っ手に伝え、討ち取ってもらえば、とりあえず家中の騒ぎは収まるはずである。

「そこまでは……」

聞きませんでした、とお蘭が小声で言った。

「いずれにしろ、お蘭のお蔭《かげ》で一味の黒幕が見えてきた。助かったぞ、お蘭」

岩井はそう言って、お蘭をねぎらった。

「旦那に、そう言ってもらうと嬉《うれ》しいよ」

お蘭が満足そうな笑みを浮かべた。

4

岩井は、堂本をたぐれば、中里を頭目とする闇仕置たちも、出奔した三人の高館藩士も、それぞれの居所が知れるのではないかと思った。堂本の屋敷は分かっているので、茂蔵に命じ、弥之助と喜十に屋敷を見張らせることにした。

ところが、敵の動きの方が早かった。岩井がお蘭から話を聞いた二日後、高館藩の御留守居役の三浦が藩邸を出た直後、五人の黒覆面の集団に襲われたのである。供についた家臣が奮戦し、三浦は軽傷を負っただけで藩邸へ逃げもどることができたが、この襲撃で供についた家臣がふたり落命した。

襲撃者の正体は知れなかったが、一味のひとりが、祐房さまの恨み、と叫んだことから、先に斬殺された狩田と青山を襲った者たちと同じ仲間であろうと思われた。さらに、五人のなかには出奔した三人の藩士もくわわっていたことが、供の家臣の証言で分かった。

このことを耳にした岩井は、これ以上犠牲者を出さぬためにも、早く敵の攻勢を押さえる手を打たねばならぬ、と判断し、

「先に芝山を討て」

と、茂蔵に命じた。

岩井は、芝山を討つことで敵が影目付の動きを警戒し、慎重になるだろうと踏んだのだ。それに、闇仕置と出奔した藩士は堂本からたぐることができそうなので、芝山を泳がせておく必要がなかったのである。

岩井の命を受けた茂蔵はすぐに動いた。左近と弥之助を堺町の仕舞屋に集めて、どうやって芝山を討つか相談した。

「芝山は、おれが討ちたい」

話を聞いた左近はすぐにそう言ったが、顔には逡巡《しゅんじゅん》の色があった。まだ、じゅうぶんに刀がふるえるまでに、傷が癒《い》えていなかったのである。

「左近さま、芝山はてまえと弥之助にやらせてください」

茂蔵が声を強くして言った。

「うむ……」

左近は虚空に目をとめたまま黙考している。

「闇仕置どもは手裏剣を遣う男と芝山、あるいは合田と組んで襲っています。てまえと弥之助で組み、同じように芝山を討ってやるのです。そうすれば、敵に目に物見せてやれますし、加藤どのの供養にもなりましょう」

茂蔵がそう言うと、

「まかせよう」

左近が、ちいさくうなずいた。

翌日、茂蔵と弥之助は小網町に行き、庄五郎店の近くに身を隠した。以前、弥之助と左近が身を隠した板塀の陰である。

陽は南天からすこし西にかたむいていた。そろそろ八ツ（午後二時）ごろである。通りには、ぽつぽつと人影があった。陽気がいいせいもあって、いつもより人通りは多いようである。

「弥之助、どこで仕掛けるな」

茂蔵がかたわらにいる弥之助に訊いた。

いくらなんでも、人目のある通りで芝山を討つわけにはいかなかった。影目付は人目に触れず闇で始末するのがその任務である。

「やつは、高砂町に女がいやす。その女の家が竹藪《たけやぶ》でかこわれた寂しい場所にありやすんで、そこでどうでしょう」

弥之助は、何度か芝山の跡を尾けて妾をかこっていることが分かったという。

「いいだろう。だが、今日も女のところへ行くかな」

「そいつは分からねえが、女の家へ行かねえようなら、夜、長屋に帰ってくるのを待つことにしやしょう」

弥之助は町人言葉で言った。岩井と話すとき以外は、町人になりきって話すことが多かった。

「そうしよう」

茂蔵がうなずいた。

ふたりがそんな話をしているとき、路地木戸から牢人体の男が姿をあらわした。芝山である。

「旦那、来やしたぜ」

「尾けよう」

芝山が半町ほど離れてから、まず弥之助が通りへ出た。職人が着ているような印半纏に股引姿である。その弥之助から十間ほど離れて、茂蔵がつづいた。縞柄の小袖に絽《ろ》羽織。いかにも商家の旦那ふうの格好だった。

芝山は日本橋川沿いの道へ出ると、そのまま川上へむかい掘割にかかる橋のたもとを右にまがった。さらに、町家のつづく通りを東にむかっていく。高砂町へ行くつもりらしい。

茂蔵の前を行く弥之助が反転し、足早に引き返してきた。

「旦那、やつは女のところへ行くようですぜ」

「そのようだな」

「先まわりして、待ち伏せしやしょう」

そう言うと、弥之助が別の路地に駆け込んだ。茂蔵も弥之助の後を追って走った。

弥之助と茂蔵は細い路地を通りぬけ、浜町堀に突き当たった。堀沿いを左手に行けば高砂町である。

高砂町に入ると、小体な店や表長屋などがごてごてとつづく雑多な通りになり、二町ほど小走りに進んだところで、弥之助はさらに細い路地へ入った。しばらく行くと町家が途絶え、畑や空地などがつづく寂しい通りになった。

「旦那、あそこで」

弥之助が路傍に足をとめて指差した。

ちいさな寺があり、その脇に竹林があった。見ると、竹林のわきに小径《こみち》があり、その先に板塀をめぐらせたいかにも妾宅ふうの古い家があった。おそらく、長屋住まいの芝山が建てた家ではないだろう。金が入ったので、女をかこうために空家を安く買い取ったにちがいない。

弥之助と茂蔵はすこし距離を取って、竹林のなかに身を隠した。芝山を挟み撃ちにしようとしたのである。

身を隠していっときすると、芝山が姿を見せた。懐手をして、ゆっくりと歩いてくる。

茂蔵は身を伏せたまま芝山が通り過ぎるのを待った。

5

ふいに、弥之助が芝山の前に走り出た。

「芝山、ここは通さねえぜ」

弥之助は五間ほどの間合を取って、芝山の前に立ちふさがった。

芝山は飛び出してきた弥之助に、驚いたような顔をして立ちどまったが、すぐに表情を消し、

「亡者のひとりか」

と、くぐもった声で言った。双眸が獰猛《どうもう》な野犬を思わせるように殺気立っている。酷薄で陰湿な感じのする顔だった。

「おめえは闇仕置のひとりだな」

言いざま、弥之助は懐に手をつっ込んだ。皮袋のなかに鉄礫が入れてある。

「仲間はいないのか」

芝山は左右に目をやった。弥之助がひとりで仕掛けてきたとは思えなかったのであろう。

そのとき、背後で笹を分けるような音がし、茂蔵が姿をあらわした。

「やはりいたか」

「待っていたぞ」

茂蔵はゆっくりと歩を寄せていった。

「亀田屋のあるじか。首がつながっててよかったな」

芝山は竹林を背にして、刀を抜いた。背後からの攻撃を避けようとしたらしい。

「加藤を殺ったのは、おまえだな」

茂蔵が芝山を見すえながら訊いた。

「だとしたら、どうする」

「おまえの首を、へし折ってやる」

茂蔵は羽織を脱ぎ捨て、路傍に放り投げた。着流していた小袖は裾をめくり、尻っ端《ぱし》折《よ》りにしてあった。

「柔術を遣うそうだが、おれには通じぬぞ」

「どうかな」

茂蔵はすこしずつ芝山との間合をつめ始めた。商人らしいおだやかな顔が豹変《ひょうへん》していた。肌が赭黒く染まり、双眸が炯々《けいけい》とひかっている。

「亡者を、地獄へ送ってやる」

芝山は下段に構えると、半身になり、切っ先だけを右手の茂蔵にむけた。左手にいる弥之助にも目をくばっているのだ。

茂蔵は斬撃の間境の手前で足をとめた。敵の太刀筋が読めないので、迂闊に飛び込めなかった。

イヤアッ！

突如、茂蔵がたたきつけるような気合を発した。気当《きあ》てである。激しい気合で敵を動揺させたり、動きを誘ったりするのだ。

だが、芝山は動じなかった。刀身を下げたまま、茂蔵から半歩左手に身を寄せただけである。

そのとき、大気を裂く音がし、鉄礫が飛来した。弥之助が打ったのである。鉄礫は芝山の肩先をかすめ、竹林のなかへ突き刺さった。

その鉄礫の飛来に、芝山の視線が流れた一瞬、ダッと茂蔵が踏み込んだ。すばやい寄り身である。

が、芝山の動きも迅かった。

タアッ！

するどい気合を発し、芝山が下段から逆袈裟に斬り上げた。切っ先が茂蔵の脇腹をおそう。

だが、茂蔵はその斬撃をかわそうとしなかった。やや腰を沈め、自分から刀身を腹部に当てたのである。

金属をたたくにぶい音がし、刀身が撥ね返った。一瞬、芝山の顔が驚愕にゆがんだ。着込みである。茂蔵は胴部を守る鎖帷子《くさりかたびら》を着込んでいたのだ。

「もらった！」

叫びざま、茂蔵は芝山の襟元をつかみ、腰をひねった。

芝山の体が空へ浮き、大きく弧を描いて、地面に仰向けにたたきつけられた。芝山は喉のつまったような呻き声を洩らし一瞬動きをとめたが、すぐに腹這いになり、這って逃れようとした。

「そうはさせぬ」

茂蔵は芝山の背後から覆いかぶさるように組みついた。

そして、後ろから両腕をまわして芝山の襟をつかむと、万力のような力でしめ上げた。

こうなると、剣の腕も役に立たない。芝山は苦痛に顔をしかめ、身をよじったが、がっちりつかまれた茂蔵の腕から逃れられなかった。

「加藤の敵！」

茂蔵の顔が怒張したように赭黒く染まり、さらに力がくわわった。

ガクリ、と芝山の首が前にかしいだ。首の骨が折れたのである。

茂蔵は芝山の死体を路傍に放り出し、尻っ端折りした着物の裾を下ろした。怒張したような顔が、ふだんのおだやかな表情にもどっていく。

「旦那、やりやしたね」

弥之助がそばに駆け寄ってきた。

「鬼が一匹、片付いたわけだな」

「どうしやす、死体を隠しやすか」

弥之助が訊いた。

「いや、いい。このままにして、闇仕置の仲間に見せてやろう」

そのとき、茂蔵の脳裏に合田のことがよぎった。合田なら、この死体を一目見て、茂蔵の手にかかったことが分かるはずだった。

「長居は無用」

茂蔵は小走りにその場を離れた。すぐに、弥之助が後を追った。

6

「行ってくるぞ」

合田は見送りに戸口まで出てきたふさに、そう言い置いて外へ出た。星空だった。辺りは夜陰につつまれていたが、星明りで提灯はなくとも歩けそうである。

合田とふたりの子供の住む家は、京橋南紺屋町にある小体な借家だった。堂本が見つけてくれ、ここに越してきたのである。

借家に住むようになってから、合田は日中はほとんど外出しなくなった。中里から、

「その体軀は、敵の目につく。しばらく、日中は外へ出るのをひかえてくれ」

と、指示されていたからである。

この夜、合田は愛宕下の真蓮寺へ行くつもりだった。中里が使っている竹吉《たけきち》という小者が、真蓮寺へ来るよう報《し》らせに来たのである。

合田は外堀沿いの道を足早に歩いた。五ツ（午後八時）ごろである。通りはひっそりとして人影はなかった。合田はときおり、振り返って尾行者がいないか確かめた。このところ、

敵の影目付が合田たちを狙っていると聞いていたのだ。

尾行者はいないようだった。それでも真蓮寺の山門の前に着くと、周囲をうかがい、怪しい気配がないのを確かめてから境内に入った。

庫裏には、三人の男がいた。堂本、東次郎、それに初めて顔を見る武士だった。どういうわけか、芝山の姿はなかった。

武士は長身で痩せていた。細い目をした鼻梁の高い男だった。やや猫背である。ただ、座している姿に隙がなかったので、剣の遣い手らしいことは分かった。軽格の御家人であろうか、着古した感じの羽織袴姿である。

「合田、そこへ座ってくれ」

堂本が長身の武士の脇を指差した。

合田は武士と目が合うと、目礼してその脇へ膝を折った。

「合田、そこにいるのは、新しく仲間にくわわった脇坂新兵衛《わきざかしんべえ》だ」

堂本がそう言うと、

「脇坂でござる。お見知りおきを」

と脇坂が言い、まったく表情を動かさずに軽く頭を下げた。

「合田馬之助でござる」

合田は人のよさそうな笑みを浮かべて応えた。

「脇坂は、おれと同じ馬庭念流を遣う。われらの戦力になるはずだ」

堂本が言った。東次郎は黙って聞いている。

脇坂は堂本と同門だったようである。おそらく、禄高や役職も堂本より低いのであろう。

脇坂との顔合わせが済むと、廊下で足音が聞こえた。障子があいて姿をあらわしたのは、中里である。中里はいつもの頬隠し頭巾で顔を隠していた。行灯の灯を映し、双眸が猛禽のようにひかっている。

「堂本、話を進めてくれ」

中里は座すと、すぐに言った。

堂本は中里に一礼してから、

「まず、芝山のことから話そう。一昨日の夜、芝山は高砂町で首の骨を折られて死んだ」

そう切り出し、昨日、東次郎が様子を見てきたことを言い添えた。

東次郎は芝山の住む小網町の長屋に行ったが、芝山の姿がなかったので、高砂町の妾宅へ行ってみたという。すると、妾宅へつづく竹林の脇の小径に人だかりがしていた。後ろから覗くと、芝山が首の骨を折られて死んでいたというのだ。

「茂蔵だな」

合田が声を大きくして言った。

「亀田屋のあるじだな」

「そうだ。あの男の柔術はあなどれぬ。素手と見て迂闊にしかければ、返り討ちに遭うぞ」

合田が顔を紅潮させて言った。

そのとき、堂本と合田のやり取りを聞いていた中里が、

「影目付どもが、われらを始末するために動きだしたということだ。これからが、影目付との本腰を入れた戦いになる」

と、重いひびきのある声で言った。

「東次郎、影目付どもの隠れ家はつかめぬか」

堂本が訊いた。

「はい、宇田川左近も、長屋にまったく姿をあらわしません。ただ、小網町近辺に影目付たちの隠れ家があるような気はしますが……」

東次郎は語尾を濁した。あまり自信はないらしい。

「隠れ家をつかむいい手があればいいが」

堂本が虚空を見つめたまま口をつぐんだ。

次に口をひらく者がなく、座は沈黙につつまれた。行灯の灯に映じた男たちの顔が、深い

陰影を刻んだまま固まっている。

そのとき、中里が、

「秋本たち三人を使ったらどうかな」

と、くぐもった声で言った。

「お頭、どう使います？」

堂本が訊いた。

「今度は、吉崎家だ。秋本たち三人に吉崎を狙うよう話して、屋敷の近辺をうろつかせればいい。そうすれば、かならず、影目付があらわれよう」

「秋本たちを囮《おとり》に使って、おびき出す手ですか」

堂本が目をひからせて言った。

「そういうことだ。秋本たちが吉崎の家臣や影目付たちに討たれるかもしれんが、それはかまわん。……そろそろ、秋本たちを手放す時期かもしれんからな」

そう言って、中里が目を細めた。覆面で顔は分からなかったが、笑ったのかもしれない。

「お頭、その策はそれがしが進めましょう」

堂本が声を強くして言った。

「頼むぞ。……東次郎、合田、脇坂、おまえたちも堂本の指図どおりに動いてもらうぞ」

そう中里が命ずると、

「承知しました」

東次郎が答え、合田と脇坂がうなずいた。

7

子《ね》ノ刻（午前零時）を過ぎていたろうか。奥の寝間で眠っていた岩井は、廊下を歩くかすかな足音に目を覚ました。

寝間は深い闇につつまれている。岩井は目を見ひらいたまま、近付いてくる気配と足音に気を集めた。

……弥之助のようだ。

その足音に聞き覚えがあった。弥之助のものである。

弥之助だけは、何か異変があれば、深夜でもかまわず屋敷内に侵入して岩井に報らせるよう命じてあったのだ。

廊下の足音は、障子のむこうでとまった。

「弥之助か」

岩井は夜具から身を起こして訊いた。

「ハッ」

「入るがいい」

岩井が声をかけると、静かに障子があき、夜気の動く気配がした。弥之助が入ってきたらしい。

明り取りの窓が白んでいたが、灯明のない座敷は深い闇につつまれていた。黒装束に身をつつんでいる弥之助の姿は闇に溶けている。

「何かあったのか」

「はい、吉崎さまの屋敷の近辺に不穏な動きがございます」

弥之助がくぐもった声で言った。

「不穏な動きとは」

「武士が三人、屋敷内をうかがったり、吉崎さまの登下城の道筋を調べたりしております」

「何者か分からぬか」

「出奔した高館藩士と思われます」

「高館藩士とな」

岩井の声には驚いたようなひびきがあった。

「はい」

「今度は吉崎さまを狙おうというのか。……だが、妙だな」

そう言ったきり、岩井は黙った。考え込んでいるらしい。

ややあって、岩井が弥之助の方に顔をむけて言った。

「それにしても、あまりにも無謀だ。三人だけではどうにもならぬし、たとえ吉崎さまを討てたとしても、高館藩の世継ぎが代わることなどあり得ないのだ。それに、吉崎さまの行列を襲う気ならば、事前に察知されぬよう事を慎重に運ぶはずではないか。出奔した藩士が屋敷周辺でうろうろしていたら、わざわざ相手に襲撃を教えてやるようなものだぞ」

「いかさま」

「三人の背後には、おそらく闇仕置どもがいる。……何か、罠《わな》が仕掛けてありそうだな」

岩井はそこで言葉を切った。

ふたたび、座敷を沈黙がつつむ。ふたりは身動《みじろ》ぎもせず、闇につつまれている。かすかに岩井の息の音が聞こえるだけであった。

「だが、手をこまねいて見ているわけにはいくまい。吉崎さまにもしものことがあれば、取り返しがつかぬからな」

「……………」

「ここは高館藩の討っ手を使おう」

　出奔した三人には上意討の命が出され、坪内をはじめ腕に覚えのある藩士五人が三人の行方を追っているはずだった。岩井は、坪内から、三人の所在が分かったら知らせてくれ、と頼まれていたのだ。

「われらは何をすれば」

　弥之助が訊いた。

「万一ということもある。敵の動きを見て、吉崎さまが危ういようなら助勢してくれ。ただ、あまり姿は見せぬ方がよい」

　岩井は、闇仕置の狙いが影目付を討つことにあるような気がしたのである。

「心得ました」

「茂蔵にも、このことを伝えてくれ。ところで、左近の傷はどうだ」

　岩井が声をあらためて訊いた。

「だいぶよろしいようです。そろそろ、刀もふるえると思われます」

「そうか。ならば、左近の手も借りるとよい」

「では、これにて」

　スッ、と闇のなかで人の動く気配がした。その姿は見えなかったが、すぐに障子がしまり、人のいる気配がなくなった。弥之助が出ていったらしい。

翌日、岩井は愛宕下の高館藩の上屋敷に出向き、三浦と会った。以前、吉祥で会ったとき、何かあれば屋敷を訪ねていただきたい、と三浦に言われていたのだ。

三浦は長屋ではなく、敷地内の固屋《こや》に居住していた。固屋は藩邸内にある重臣用の住居である。

岩井は対座するとすぐに、出奔した三人の藩士が吉崎を襲うつもりらしく、吉崎邸周辺で下見していることを話した。

「なんと、吉崎さまを……」

三浦の顔がこわばり、血の気が失《う》せたように蒼ざめた。脱藩者とはいえ藩士が幕府の要人である吉崎を襲撃するような事態になれば、高館藩の立場がなくなる。吉崎が討たれるようなことにでもなれば、取りつぶしということにもなりかねない。

「なんとしても、襲撃前に三人を取り押さえねばなりますまい」

岩井が言った。

「む、むろん、事前にことを収めねばなりませぬが、岩井どの、何か打つ手はござらぬか」

三浦は声を震わせて訊いた。

「われらも手を打ちますが、坪内どのたちがおられよう。五人で吉崎家の周辺を探れば、三人を押さえることができると思いますが」

「そうでござった。すぐに、坪内たちに命じましょう。……しかし、万一ということが。きゃつらは、追い詰められているゆえ、何をしでかすか知れませぬ」

三浦は不安そうだった。

「数日のうちに、三人の始末がつかないようなら、最後の手段として吉崎さまの行列に坪内どのたちをまぎれ込ませたらいかがです。吉崎さまには、それがしからお許しを得ておきますが」

岩井は、信明を通して話せばそれも可能だと思った。それに岩井には、実際に襲撃はしないのではないかとの読みもあった。行列を襲うにはやり方がお粗末だし、追いつめられた者の捨て鉢の反撃にしては、狙う標的がちがうのではないかという気もしたのだ。

「ですが、騒ぎが大きくなってしまっては取り返しがつきませぬ」

三浦の顔にはまだ困惑の表情があった。

「吉崎さまには、内々で処理するようお伝えしておきましょう」

吉崎にしても、高館藩の世継ぎ問題で騒動を起こしたくないはずである。高館藩内で処理することに反対しないだろう。

「それなれば……」

三浦はいくらか安心したらしく、表情がやわらいだ。

その後、岩井は坪内たち五人と面会し、三人の出奔者を始末するための手筈を話し合った。当然、岩井は影目付のことを口にしなかったが、それがしも配下の者を使いましょう、とだけは伝えた。

上屋敷を出ると、まだ日中だったが、夕方のように薄暗かった。空を厚い雲がおおっていたからである。

岩井は大名屋敷のつづく表通りを歩きながら、

……敵の狙いは、われら影目付かもしれぬ。

との思いが、胸をよぎった。三人の囮を使って、姿を消した影目付をおびき出して討つつもりではあるまいか。

そのとき、岩井の脳裏に、三浦と吉祥で会った帰りに、樹陰にいたふたりの武士のことがよぎった。あれも、影目付をおびき出すための囮であったのかもしれぬ、と思った。別のところに、刺客役がひそんでいて、ふたりに不審を抱いて近付いたり、尾行したりする者があれば、跡を尾けて討つのである。

岩井は今度も似たような手ではないかと思った。ただ、そうであっても、見ているわけにはいかなかった。何としても吉崎を守らねばならないのだ。

……闇仕置との勝負だな。

岩井は胸の内でつぶやいた。

8

深編み笠の武士がふたり、神田小川町の一ツ橋通りを歩いていた。着古した羽織と袴姿で、二刀を帯びていた。いずれも軽格の御家人のように見えた。高館藩を出奔した秋本修三郎と根岸剛右衛門だった。

暮れ六ツ（午後六時）ごろである。陽は武家屋敷のむこうに沈み、西の空に残照がひろがっていた。雀色時《すずめいろどき》と呼ばれるころで通りは明るかったが、樹陰や軒下などには淡い夕闇が忍び寄っている。

秋本と根岸は一ツ橋御門の方へむかっていた。通りの先には、吉崎邸がある。ふたりは、ときおり足をとめて脇道を眺めたり、道沿いの武家屋敷の築地塀のなかを覗いたりしていた。

そのふたりに目をやっている男たちがいた。一町ほど後ろの武家屋敷の板塀の陰に御家人ふうの武士がふたり、脇坂新兵衛ともうひとりの出奔した藩士、三木沢繁助である。脇坂と三木沢は、前を行く秋本と根岸の背に目をむけていた。

もうひとりいた。秋本たちの前方である。東次郎だった。東次郎は、秋本たちの二町ほども前の路傍の樹陰に身をひそめていた。

三人の男が、前後から秋本と根岸に目をむけていたのである。

秋本と根岸は、いかにも地形でも調べているような素振りをしながら、ゆっくりと吉崎邸に近付いていく。前後にひそんでいる男たちは、距離がつまったり離れたりすると、物陰に身を隠しながら移動して、その間隔をたもっていた。

そのとき、武家屋敷の間の狭い路地から武士が三人飛び出し、秋本と根岸のそばに駆け寄った。三人とも小袖に袴姿だが、袴の股だちを取っている。坪内の姿があった。三人は高館藩の討っ手である。

秋本と根岸は、ギョッとしたように足をとめた。

さらに、ふたり。別の路地から駆け寄り、秋本と根岸の背後にまわり込んだ。

「われらと、ご同行願いたい」

坪内が昂った声で言った。

「そこをどけ！」

秋本が叫んだ。

「秋本と根岸を取り押さえろ！」

坪内が声を上げたとき、いきなり秋本と根岸が抜刀した。

取りかこんでいた五人の藩士は背後に跳び下がり、間を取って次々に刀を抜いた。夕映えに染まる通りに白刃がきらめき、怒号が飛び交い、人影が交錯した。


この様子を後方から見ていた三木沢が顔色を変え、

「高館藩の討っ手だ！」

と、声を上げて築地塀の陰から飛び出そうとした。

「待て、いま出ては犬死にだぞ」

脇坂が三木沢の肩先をつかんで引きとめた。

脇坂たち闇仕置にとって、高館藩の討っ手がこの場にあらわれるのは予想外のことだったが、秋本と根岸は捨て駒《ごま》である。捕らえられて闇仕置のことをしゃべられるのは困るが、斬殺されてもどうということはなかったのだ。

脇坂は白刃を向け合っている男たちの周囲に目をくばっていた。影目付が戦いの場にあらわれるかもしれない。その影目付を討つか、尾行して住処をつきとめるか。それが、脇坂たちの目的であった。

「脇坂どの、ふたりが斬られます!」

三木沢がひき攣ったような声を上げた。

「落ち着け、五人の討っ手は手練だ。おれたちふたりが助勢しても勝てぬ。斬られに行くようなものだぞ」

脇坂は三木沢の肩先をつかんだ手を離さなかった。

秋本と根岸が劣勢であることは、だれの目にも明らかだった。討っ手は、人数でも、剣の腕でもふたりを圧倒していた。

高館藩士たちの戦いの様子を見ている男が、もうひとりいた。東次郎である。東次郎も、樹陰に身を隠したまま、戦っている男たちの周囲に目をくばっていた。影目付がどこかにひそんでいると思っていたのである。

……だが、姿を見せぬな。

影目付たちはこの場に姿を見せないだろう、と東次郎は思った。このままなら、秋本と根岸はまちがいなく討たれる。影目付が助勢にくわわる必要はないのだ。かといって、東次郎自身が、戦いにくわわることはできなかった。それこそ、影目付の餌食になってしまうだろう。

……ここは引くしかない。

と、東次郎は思った。

そのとき、ギャッ、という絶叫がひびき、武家屋敷の板塀に追いつめたられた秋本がのけ反った。討っ手のひとりに、斬撃を浴びたのである。

秋本はたたらを踏むように泳いだ。その背後から別の討っ手が迫り、袈裟に斬りつけた。秋本は呻き声を上げ、腰からくずれるように倒れた。

一方、根岸は怒号を上げ、手にした刀を振りまわしながら逃げようとしていた。

討っ手のひとりが、背後から突きをみまった。根岸の足がとまった。脇腹を突き刺されたらしい。

根岸は脇腹を押さえながら、よろよろと逃げた。討っ手のひとりが追いすがり、八相から斬り込んだ。

根岸の首がかしぎ、首根から噴出する血が火花のように散った。討っ手の斬撃が首筋をとらえたのである。根岸は悲鳴も上げず、くずれるようにその場に転倒した。

五人の討っ手は血刀をひっ提げたまま、倒れているふたりのそばに近寄った。ふたりの生死を確認しているようだ。

……終わったな。

東次郎は胸の内でつぶやくと、あらためて周囲に目をくばった。やはり、影目付の姿はない。囮を使って影目付たちをおびき出す策は失敗だったようである。ただ、東次郎たちに痛手はなかった。いずれ始末せねばならない高館藩士を失っただけである。

東次郎は物陰に身を隠しながら、その場を離れた。

一方、戦いの後方にいた脇坂も三木沢をうながし、近くの路地へ入って、その場から遠ざかった。

第五章　鬼の顔

1

合田の住んでいる借家には、狭い庭があった。庭というより、ただの空地といった方がいいだろう。庭木が植えてあるわけではなく、ただ雑草がはびこっているだけの更地である。そんな空地でも、長屋暮らしだった庄助には嬉しいらしく、合田が木をけずって作ってやった短い木刀を振りまわしたり、叢のなかにいる虫をつかまえたりして遊んでいる。

この日、合田は庄助にせがまれて、剣術の手解きをしていた。合田は子供のころから関口流柔術を修行したのだが、剣もまったく遣えないというわけではない。刀の素振りと基本的な太刀捌《さば》きだけは、師匠だった吉井から手解きを受けていたのである。

合田は庄助に柔術を教えるのは、まだ早いと思っていた。七歳の体はまだ脆弱《ぜいじゃく》で、下手《へた》に教え込むと体を壊す恐れがある。

合田は庄助の体が成長するまで剣術を教え、元服を迎える年頃になったら柔術を仕込んでみようと思っていた。

合田は諸肌《もろはだ》脱ぎになり、厚い胸をあらわにして、

「庄助、胸を張ってな、まっすぐ振り下ろせばいいのだ」

そう言って、木刀を振ってみせた。

庄助は、エイ、エイ、と気合を発しながら、懸命に木刀を振っている。だが、あまりに不様な格好だった。へっぴり腰で、振り下ろす度に上体が前屈みになり、尻が後ろに突き出すようになる。

それでも、合田は満足そうに目を細め、

「そうだ、なかなかいいぞ」

と、褒めてやる。

合田は、初めは子供の遊びでいいと思っていた。天稟《てんぴん》さえあれば、自然に伸びるはずなのだ。

「庄助、秘訣《ひけつ》を教えてやろう。さらにうまく振れるようになるぞ」

そう言って、合田は首にかけていた手ぬぐいをはずした。

「父上、手ぬぐいを振るのですか」

庄助は木刀を下ろし、手ぬぐいを折り畳んでいる合田の手元を見つめて訊いた。

「この手ぬぐいを両手で持ってな。こうして、雑巾を絞るように絞りながら振り下ろすの

だ」

合田はやってみせた。木刀を振るとき、手の内を絞るためである。そうやって振ると、刃筋がまがらず、しかも姿勢もくずれないのだ。

「さァ、やってみろ」

「はい」

庄助は手ぬぐいを受け取ると夢中で振りだした。

いっときすると、合田は、同じように振ってみろ、と言って、手ぬぐいと木刀を替えさせた。

「さっきより、ずっといい」

合田は嬉しそうに目を細めた。事実、かなり姿勢のくずれが矯正され、手の内も絞れていた。

それから小半刻（三十分）ほど、父と子は並んで木刀を振った。初夏の陽射しの下での素振りは暑く、ふたりの顔は真っ赤になり、汗が頬や額をつたって流れた。

「父上、庄助、一休みしてください」

狭い縁側からふさが声をかけた。盆の上に湯飲みがのっている。水でも用意してくれたらしい。

「ありがたい。喉がからからだ」

合田は木刀を下ろすと、首筋につたう汗を拭きながら縁側に来た。庄助も、父と同じように首筋の汗を拭きながら後をついてきた。

「うまいな」

汲みたての井戸水らしく、喉にしみるようだった。庄助も喉を鳴らしてうまそうに飲んでいる。

縁先で一休みしていると、庭の先で足音が聞こえた。見ると、生け垣のむこうの小径を行商人らしい男が歩いていく。菅笠をかぶり、行李《こうり》を背負っていた。東次郎である。

東次郎は生け垣越しに縁先の方に顔をむけ、合田と目が合うと、ちいさく頭を下げて通り過ぎた。今夜、真蓮寺に来てくれ、という合図である。

合田は無言のまま、東次郎の背に目をやっている。庄助とふさも、東次郎の姿を目にしたはずだが、特に気にした様子はなかった。

その日、夕餉がすむと、合田はふたりの子供に何気なく話しかけた。

「ふさ、庄助、ふたりに言っておきたいことがある」

合田はそう切りだした。

ただ、いつものように口元には間の抜けたような笑いが浮いていたし、物言いもふだんどおりだったので、ふたりの子は深刻に受け取らなかったようだ。

「浪々の身ではあるが、ふさも庄助も武士の子だ」

「父上、庄助は武士の子です。だから、剣術も学ばなければなりませぬ」

庄助が真剣な眼差《まなざし》で言った。

ふさは黙って、合田の次の言葉を待っている。

「武士は、いつ何時死んでもいいよう覚悟しておかねばならぬ。おれもその気で暮らしているが、万一、おれが死んだら、ふさと庄助はどうするな」

合田がそう言うと、ふさの顔がこわばった。

庄助は目を剝き、

「父上は死にませぬ。長屋の人たちが言ってました。父上は、馬に蹴られても怪我もしないだろうって」

口をとがらせて言った。

「まァ、そうだ」

合田は苦笑いを浮かべた。ふさは何か感じ取ったらしく、顔をこわばらせたまま合田の顔を見つめている。

「これは、いつも心得ておかねばならぬ、心の持ちようの話だ。おれが死ぬようなことになっても、ふたりは死んではならぬぞ。犬死にだからな。……ふたりして、久兵衛長屋へもどるのだ。いいな」

合田がそう言うと、ふさが急に顔をゆがめ、父上、と泣きだしそうな声で言った。

「おい、そう深刻になるな。たとえばの話をしたまでだ。おれは、簡単には死なぬ。なにせ、馬に蹴られても怪我もせぬ、頑丈な体だからな」

そう言って、合田は照れたように笑った。

合田の物言いに切羽詰まったものがなかったこともあり、ふさも気持を持ち直したのか、泣きだしそうな顔に笑みを浮かべて、合田の大きな肩先に抱き付くように腕をまわし、額をくっつけている。そうした様子を見ると、大人びた物言いをするが、まだ子供である。

庄助はいつものように、胡座をかいている合田の足の上に尻をのせ、ふんぞり返って合田の大きな胸に体をあずけている。

2

合田は辺りが暗くなってから家を出た。頭上の弦月がかすんでいた。薄雲が月をおおっているらしい。それでも、道筋は白くぼんやりと浮き上がったように見え、提灯はなくとも歩けた。

夜道を歩きながら、合田は家に残してきたふたりの子供のことを思った。自分が死んでも子供だけは死なせたくなかった。

合田は茂蔵と戦い、その後、芝山が敵の手に落ちたことを知ってから、

……容易な敵ではない。おれも、斃されるかもしれん。

と、思うようになったのである。

ただ、中里の許を離れる気にはならなかった。離れれば、牛馬の暮らしにもどらねばならない。合田のような牢人が、武士としてまともに生きるには、生死を賭《か》けた戦いに勝たねばならないことも承知していたのだ。

真蓮寺の庫裏に、堂本、東次郎、脇坂、それに高館藩を出奔した三木沢が座っていた。合田は一度三木沢たちに会っており、顔と名を知っていた。

三木沢の顔が蒼ざめ、目がつり上がっていた。それに、いっしょにいるはずの秋本と根岸の姿がなかった。吉崎への襲撃は失敗したのかもしれない。

堂本は合田が座るのを待ってから、

「合田、秋本と根岸は討たれたよ」

と、苦々しい顔で言った。

「影目付どもにか」

「いや、高館藩の討っ手だ」

堂本にかわって、東次郎がそのときの様子をかいつまんで話した。

「すると、影目付はあらわれなかったのか」

「そうだ。高館藩としても、手をこまねいて見ていたわけではないということだ。われらとしても、何か新たな手を考えねばならぬということだな」

堂本が無念そうに顔をゆがめて言った。どうやら、そのこともあって、ここに合田を呼んだらしい。

そのとき、廊下を歩く音がし、障子があいて、中里が姿をあらわした。いつものように頬隠し頭巾で顔を隠している。

中里は上座に座ると、一同に視線をめぐらした後、

「此度の首尾は聞いたな」

と、低い声で言った。

すると、堂本が、ここに集まった者たちは承知しております、と小声で伝えた。

「次の手を考えねばならぬが」

そう言って、中里は口をつぐんだ後、座敷の隅に座っていた三木沢に顔をむけ、

「どうだな、高館藩の家臣のなかに、そこもとたちと同じように脱藩してまで、祐房さまに尽くそうとする家臣がいるかな」

と、静かな声音で訊いた。

「そ、それは……」

三木沢は言葉につまり、いっとき黙っていたが、

「ごくわずかしかおりませぬ。心当たりの者は、二、三人しか……」

と、顔をゆがめて言った。

「二、三人でもよい。ひそかに接触してみてくれ。このままでは、秋本と根岸も浮かばれぬだろうからな」

中里が小声で言った。

中里としては、高館藩の家中の対立をできるだけ煽りたかったのだ。中里の策は、高館藩内の騒動を利用し、姿をあらわした影目付を殲滅することにあった。藩内の騒動が大きくなれば、吉崎と信明の顔をつぶすこともできるし、うまくすれば影目付を藩内の対立に巻き込んで、高館藩の家臣も使って始末することができるのだ。

「とりあえず、われらはどう動きますか」

堂本が訊いた。

「一気に勝負を仕掛けるわけにはいかぬ。いまのところ、われらの味方は、いまここにいる者だけだ。残念だが、戦力は影目付の方が上だろう」

堂本が無言でうなずいた。

「ただ、影目付をこのままにしては、高館藩に手を出すのもむずかしい」

そう言った中里の目に、苦渋の色があった。

「やはり、これまでのように、ひとりひとり始末するしか手はないようです」

堂本が重い声で言った。

次にしゃべる者がなく、いっとき座は重苦しい沈黙につつまれていたが、

「焦ることはござるまい」

合田が野太い声で言った。

その声で、男たちの目が合田に集まった。

「狙いは亀田屋ではあるまいか。茂蔵は亀田屋のあるじだ。いつまでも、店をあけて姿を消しているわけにはいかんだろう。おれたちがしばらく鳴りをひそめていれば、茂蔵はかならず亀田屋へもどるはずだ」

「そうかもしれん」

堂本がうなずいた。

「それに、あの亀田屋は影目付の密会の場であったような気がする。茂蔵がもどれば、他の影目付たちも顔を出すようになるはずだ」

合田がそう言うと、中里がうなずき、

「時はわれらにとっても必要だ。合田の言うとおり、しばらく様子を見ようではないか。その間に、あらたな仲間をくわえることもできるし、高館藩から味方を引き入れることもできよう」

中里が語気を強めて言った。

その後、亀田屋だけを交替で見張ることにし、密談は終わった。合田が腰を上げると、中里が、待て、と声をかけた。

「おぬしに、話しておきたいことがある」

中里が合田を見すえながら言った。

「なんでござろう」

合田は座りなおした。

中里は東次郎たちが座敷を出ていくのを待ってから、

「まず、これを見てもらおうか。おれが、刹鬼と言ったわけが分かろう」

そう言って、頭巾に手をかけ、おもむろにはずした。

「これは、また……」

合田は息を呑んだ。

行灯の灯に、凄絶な面貌《おもて》が浮き上がっている。鬢が削がれ、片耳がない。爛《ただ》れたような赤茶けた肌が露出し、顔がゆがんでいた。まさに、悪神を思わせるような醜怪な形相である。

「これは、影目付の頭目に斬られた傷だ。おれは九死に一生を得て、いま鬼と化してここにいる」

中里の低い声には心魂を凍らせるような凄みがあった。

「おれの名は中里杢兵衛、以前は御徒頭であった。ここにおる堂本は御徒組頭の身だったのだ」

中里がかたわらに座している堂本に目をやって言った。堂本は無言でうなずいただけである。

合田は驚いた。御徒頭は千石高だった。予想以上の身分である。

「それに、われらを差配されているのは、御側衆の板倉重利さまだ」

中里が語気を強くして言った。

「御側衆！」

思いもしなかった大物である。御側衆といえば将軍に近侍する重職で、合田のような牢人にとっては雲の上の人である。むろん、板倉の名は聞いた覚えがあるが、顔を見たこともない。

「名は言えぬが、さらに板倉さまの上には天下を動かすようなお方もいる。これで、われら闇仕置が、盗賊や金ずくで引き受ける刺客の類でないことは分かったであろう」

「…………」

合田は無言で頭を下げた。胸が騒いだ。中里に対する恐懼《きょうく》と同時に、疑念と追いつめられたような不安がある。

中里は、なぜ己の姿を晒《さら》し、背後にいる幕府の要人の名まで合田に話したのか。おそらく、中里は合田にすべて明かすことで、闇仕置の烙印《らくいん》を押し、仲間から逃れられぬことを宣告したのであろう。

「合田、影目付を始末すれば、そこもとを御徒衆に推挙してもらうつもりでいる」

中里が声を落として言った。

餌《えさ》であった。闇仕置から逃れられぬことを話した上で、餌を鼻先にぶら下げてみせたのである。

……いずれにしろ、身を引くことはできぬようだ。

合田は肚《はら》をかためた。

「それがしも、鬼になりましょう」

合田が低い声で言った。丸い地蔵のような顔が紅潮していた。その巨軀とあいまって、まさに鬼のようである。

3

「左近さま、そろそろ亀田屋にもどらねばなりませぬ」

茂蔵が言った。その声に苛《いら》立《だ》ったようなひびきがある。

すでに、堺町の仕舞屋に身を隠して半月ちかく経つ。茂蔵は、店の奉公人たちも不審を抱いているだろうと思っていた。あるじの行方知れずを町方にでも訴え出たら、それこそ江戸にはいられなくなる。

「それにしても、闇仕置たちの動きがないな」

左近が腕組みをしながらつぶやいた。左近の傷は癒え、このところ刀の素振りもできるようになっていた。

「われらの追及を恐れて、江戸から姿を消したのかもしれません」

「いや、それはあるまい。中里という男は執念深い。それに、おれたちが斃した闇仕置はたったひとりだぞ」

「たしかに」

茂蔵も思いなおした。おそらく、中里たちは闇に隠れて影目付の隙をうかがっているのであろう。そうであれば、茂蔵が亀田屋にもどるのは危険だった。

「どうだ、いっそのこと、おれと弥之助も亀田屋に厄介になろうか」

左近が茂蔵に目をむけて言った。

「ふたりが、亀田屋に……」

茂蔵は考え込むように視線を落とした。

「離れに寝泊まりすれば、店の者も疑念をいだくまい」

「それは、そうですが」

左近の言うとおり、短期間ならば離れに居住することはできる。店の奉公人には気付かれずに出入りできるし、碁仲間という名目でふだんから出入りしていたので、不審はいだかれないだろう。ただ、そうなると、自分だけでなく、左近と弥之助も敵の目にさらすことになる。

「頭目の中里をのぞき、腕の立つ敵は三、四人とみている。だからこそ、おれたちがひとりになったところを、狙ってきたのではないかな」

左近が言った。

「そうかもしれません」

「ならば、われら三人が居住している亀田屋を襲うと思うか。かならず、店を出てひとりになったところを狙うはずだ」

「なるほど」

「外出時に気をくばればいい。ちがうか」

「おおせのとおりで」

外出のおり尾行者に気をくばるのは、いまも同じである。

「それにな。何も、敵の襲撃を待っていることはないぞ。敵の所在がつかめれば、こちらから仕掛けることもできる。……そのために、弥之助と喜十が探っているのだ」

左近の言うとおり、弥之助と喜十は堂本の屋敷を連日見張っていた。堂本の行き先をたどり、中里たち闇仕置の隠れ家をつかむためである。

「分かりました。亀田屋に来てください」

自分たちを敵の目にさらすことで堂本や他の闇仕置が動き、一味の隠れ家が発見できるかもしれない、と茂蔵は思った。

翌日、茂蔵は人通りの多い日中を選んで、堺町の仕舞屋から亀田屋にもどった。

茂蔵が店に入ると、番頭の栄造をはじめ奉公人たちが茂蔵のまわりに集まってきた。どの顔にも、安堵《あんど》と疑念の入り交じったような表情があった。

「旦那さま、心配しましたよ。いくら、居心地のいい家でも長過ぎますからね」

栄造が奉公人たちを代表して訊いた。遠慮して妾の家とは言わなかったが、声には非難のひびきがあった。

「実はな。病に臥せってしまって、連絡もできなかったのだ」

茂蔵がもっともらしく言った。

「病……」

栄造が驚いたような顔をした。茂蔵は病などには縁のないような頑強な体をしていたし、これまで病で寝込んだことなどなかったからである。

「ひどい風邪をひき込んでしまってな。どうも、裸のまま寝込んでしまったのがよくなかったらしい」

そう言って、茂蔵はニヤリとした。

「裸で……、ああ、それで」

栄造が口元に卑猥な嗤いを浮かべ、合点したようにちいさくうなずいた。茂蔵と妾の房事を想像したらしい。

栄造は納得するとすぐに、旦那さまはもどられたのだ、さァ、仕事、仕事、と言って、奉公人たちを散らせた。

それで、茂蔵も無罪放免となった。

茂蔵が亀田屋にもどって、一刻（二時間）ほど経ったころ、左近と弥之助が離れにやってきた。奉公人たちに見られてもいいように、さっそく茂蔵と左近は碁を打ち始めた。弥之助は黙って見ている。


その日、陽が沈んでから弥之助は亀田屋の離れを出た。弥之助は町筋の軒下闇や樹陰などをたどり、赤坂へむかった。赤坂新町に堂本の屋敷があったのだ。喜十とともに屋敷を見張り、闇仕置の隠れ家をつかむためである。

弥之助の黒装束は闇に溶け、ときおり見かける通行人にも気付かれることはなかった。

弥之助は途中何度か足をとめ、振り返って尾行者の有無を確認した。尾けられている様子はない。

堂本の屋敷は武家屋敷のつづく一角にあった。堂本家は禄高百石の家柄だが、その家禄にふさわしい木戸門だった。屋敷は濃い暮色のなかに沈み、ひっそりとしていた。ただ、家人はいるらしく、淡い灯が洩れている。

その木戸門が斜向かいに見える武家屋敷の板塀の陰に喜十がいた。喜十は闇に溶ける濃い茶の着物を尻っ端折りし、黒の股引姿だった。腰に長脇差を差している。

「どうだい、様子は」

弥之助が訊いた。

「動いたようすはねえ」

喜十は渋い顔で言った。

ふたりが堂本家付近に張り込んで、数日経つ。用心しているのか、堂本はほとんど屋敷を出なかった。ときおり、中間が屋敷を出るくらいである。

「ちかいうちに、動くはずだ」

弥之助は、亀田屋に茂蔵がもどり、左近と自分も離れに居住するようになったことを話した。

「中里一味が動きだすってことか」

喜十が目をひからせた。

だが、その夜、ふたりは四ツ（午後十時）ごろまで張り込んだが、堂本は姿を見せなかった。

堂本が動いたのは、それから三日後の夜だった。弥之助たちが見張っていると、木戸門のくぐり戸があいて、堂本らしき男が姿を見せた。闇が深く顔は識別できなかったが、羽織袴姿で二刀を帯びている。

4

「尾けよう」

弥之助が小声で言った。喜十が無言でうなずく。

月は出ていなかったが、雲間に星のかがやきがあったので、かすかに道筋は確認できた。

堂本は濃い夜陰のなかを足早に歩いていく。弥之助は二十間ほど距離を取って、通りへ出た。弥之助は闇に溶ける装束を身につけていたので、姿を見られる恐れはなかったが、問題は足音である。夜の静寂《しじま》につつまれていたこともあり、かすかな足音で尾行を気付かれるだろう。

弥之助は忍び足で歩いた。まったく足音を立てない。弥之助は足音を消す術を心得ていたのである。

喜十は弥之助からさらに二十間ほど後ろを歩いていた。足音の用心もあったが、喜十は背後に気を配っている。弥之助たちが闇仕置に尾けられる恐れがあったのだ。

堂本の足は思ったより速かった。慣れた道筋なのであろう。暗闇でも迷うようなことはなかった。

堂本は武家屋敷のつづく通りを抜け、愛宕下へ出た。そして、大名屋敷のつづく大きな通りをいっとき歩くと、通りの左右に大小の寺が目立つようになってきた。

堂本は古刹の前に足をとめ、周囲に目をくばるように首をまわしてから山門をくぐった。その姿は境内の濃い闇に吸い込まれるように、弥之助の視界から消えた。真蓮寺である。むろん、まだ弥之助は寺の名を知らない。

「この寺が、やつらの密会場所かもしれねえな」

弥之助は喜十が近付くのを待ってから小声で言った。そうでなければ、夜になって寺に来る用などないはずである。

「他のやつらも、集まるんじゃァねえかな」

喜十の目が闇のなかで白くひかっている。

「見張ろう」

弥之助と喜十は足音を忍ばせて、山門をくぐった。

正面に本堂があり、その脇が庫裏になっていた。庫裏からかすかに灯が洩れている。堂本は庫裏に入ったにちがいない。

ふたりは、周囲を見まわした。身を隠すところは、いくらでもあった。ふたりは庫裏の引き戸の見える本堂の脇の杉の樹陰に身を隠した。

いっときすると、山門の方から重い足音が聞こえてきた。星明りに、黒い人影が浮かび上がった。巨漢である。

……合田だ！

弥之助はその巨体からすぐに察知した。

合田は庫裏の引き戸をあけて入っていった。合田が姿をあらわしてすぐだった。山門をくぐって庫裏にむかう別の人影があった。はっきりしないが牢人に見えた。さらに、つづいてふたりの武士が庫裏に入っていった。身装《みなり》から推して、御家人か江戸勤番の藩士と思われた。

それっきり、庫裏に近付く者はなかった。障子にかすかに人影が映っているが、弥之助たちのひそんでいる場所まで人声は届かなかった。

「まちがいない、この寺が闇仕置たちの密会の場だ」

弥之助が声を殺して言った。

「近付いて、話を聞いてみますかい」

喜十が言った。

「いや、今夜はここまでにしておこう」

弥之助は、姿を見せていない町人体の男が気になっていた。尋常な男ではない。忍者らしいのだ。庫裏のなかにいるか、それとも付近にひそんでいるか。いずれにしろ、弥之助たちが庫裏に近付けば、気付かれるだろう。

それに、これ以上張り込んで探ることもなかった。弥之助と喜十は、足音を忍ばせてその場から去った。

庫裏のなかでは、茂蔵たちが亀田屋にもどったことが伝えられていた。話しているのは東次郎だった。東次郎は堂本が真蓮寺に着く前に庫裏に入っていたのである。

「やっと姿をあらわしたな」

話を聞き終えた堂本が、低い声で言った。

「亀田屋に押し入って討ち取りますか」

東次郎が訊いた。

「亀田屋にいるのは、茂蔵、宇田川左近、それに町人体の男だな」

堂本が念を押した。

「そうです。町人体の男の名は知れませんが、芝山を襲った鉄礫を遣う男とみております」

東次郎は芝山が殺されていた場所を調べ、落ちている鉄礫を見つけて、茂蔵の他にも鉄礫を遣う男が襲撃にくわわっていたとみたのである。

「おれも、くわわるつもりだが、亀田屋に踏み込んで確実に三人を始末することができるかな」

堂本が一同を見まわしながら言った。

その場に集まっていたのは、中里、堂本、東次郎、合田、脇坂、それに三木沢と、三木沢が同行した村越源太郎《むらこしげんたろう》という高館藩士である。堂本は、三木沢と村越はたいした戦力にはならないとみていた。

「ほぼ、互角とみますが、様子の知れぬ敵の住処に踏み込むのは不利です」

東次郎が答えた。合田と脇坂は黙って聞いている。

そのとき、中里が口をはさんだ。

「亀田屋には、影目付の頭目がおらぬ。相討ちにでもなれば、こちらは壊滅だぞ」

その声には、不満のひびきがあった。中里の腹は、影目付の頭目をそのままにして大きな危険を犯すべきではないということらしい。

その中里の意を受け、堂本が、

「いままでどおり、ひとりひとり確実に始末していく」

と、断定するように言った。亀田屋を見張り、外出先へ尾けて待ち伏せして斃すということである。

「承知」

東次郎が言い、合田と脇坂がうなずいた。

5

弥之助と喜十は、真蓮寺の近くまで来て別れた。別々に聞き込んだ方が埒《らち》が明くとみたのだ。弥之助たちは、敵の頭目である中里の所在と真蓮寺がどういう寺なのか知りたかったのである。

弥之助は、まず通りかかった雲水から、真蓮寺が真言宗の古刹であり、住職は恵泉《けいせん》という老僧であることを聞いた。ただ、雲水はくわしいことは知らず、寺の住人が他にもいるかどうかは分からなかった。

付近は寺や大名屋敷が多く、なかなか話を聞くような相手が見つからなかった。しかたなく、弥之助は愛宕山の裏手にあたる車坂町まで足を延ばした。距離にすれば数町なので、真蓮寺のことを知っている者もいるだろうと踏んだのである。

弥之助は町筋で目についた桶屋で話を聞いてみることにした。店先に小桶、洗い桶、漬物桶などといっしょに墓参りに使う閼伽桶《あかおけ》が並んでいたので、寺にも多少かかわりがあるとみたのである。

店へ入ると、土間で竹を削って箍《たが》を作っている職人と、杉板を箍にはめて桶を組み立てている職人がいた。

「ちょいと、聞きてえことがありやして」

「なんです」

弥之助は竹を削っている男のそばに近寄った。

四十がらみの男は手にした竹割り用の鉈《なた》を膝の上に置き、訝《いぶか》しそうな目で弥之助を見上げた。

「手をとめさせちまってすまねえ」

そう言って、弥之助はいくらかの銭を男の手に握らせ、

「真蓮寺を知ってるかい」

と、訊いた。

「ああ」

銭を握って、男の顔からかたい表情は消えたが、返事は無愛想だった。

「なに、おれの知り合いの親父が真蓮寺の寺男をやってたんだが、姿が見えねえんでどうし

たのかと思ってよ」

　弥之助は適当な作り話を口にした。

「そういえば、ちかごろ見たことがねえなァ」

　男は首をひねった。あまりくわしいことは知らないらしい。

「住職は年寄りだそうだが、元気なのかい」

「ちかごろ、噂は聞かねえが、ご住職は七十近いはずだ。だいぶ耄碌《もうろく》してるだろうよ」

　男は木で鼻をくくったような物言いをした。

「そうかい。……実は、気になることを目にしてよ」

　弥之助が男に近付き、声をひそめて言った。

「何を見たんだい」

　男の目に、好奇の色が浮いた。

「旗本らしいお武家が、門を入っていくのを見たのよ。妙じゃァねえか」

　弥之助は、日中も武士が出入りすることはあるだろうと思ってそう言ったのだ。

「お武家が寺に入っても不思議はねえぜ。あそこは、お旗本の菩《ぼ》提寺《だいじ》になってるはずだ。何か法事でもあるんじゃァねえのか」

　そう言って、男は鉈を握りなおした。仕事をつづける気になったらしい。

「なんてえ旗本だい？」

かまわず、弥之助が訊いた。

「中里さまだったな」

「中里！」

つながった、と弥之助は胸の内で声を上げた。まちがいない。真蓮寺は闇仕置の隠れ家であり、密会場所でもあるのだ。中里自身が寺のなかにひそんでいるかもしれない。

それから弥之助は、合田や他の仲間のこともそれとなく訊いたが、男は警戒の色を浮かべて、ほとんど口をひらかなくなった。弥之助に不審をいだいたらしい。

「邪魔したな」

弥之助はそう言い残して、桶屋を出た。

その後、弥之助は酒屋と仏壇屋に立ち寄って、真蓮寺のことを訊いたが、新たに知れたことは寺の住人のことぐらいだった。真蓮寺には、住職の恵泉と若い納所《なっしょ》坊主、それに老齢の寺男がいるだけだという。ただ、納所坊主は一年ほど前から修行のため京へ行っており、いまは寺にいないそうである。

陽が西にかたむいたころ、弥之助は増上寺の北側にある馬場で喜十と会った。その場で落ち合うことを約してあったのである。

弥之助と喜十は亀田屋のある京橋の方へもどりながら話した。

まず、弥之助が聞き込んだことを話した後、

「そっちも、何か知れたか」

と、喜十に訊いた。

「中里は寺にいるようだぞ」

喜十が声を落として言った。

「真蓮寺に墓があるという男から聞いたんだが、身分のありそうな武家が庫裏から出てくるところを、二度見たというのだ」

「どうして中里らしいと分かったのだ」

それだけでは、中里かどうか分からないだろう。

「その武家は、二度とも頭巾をかぶり、顔を隠していたそうだ。昨夜《ゆうべ》、おれたちが見た者のなかに、頭巾をかぶった男はいなかったぞ」

「頭巾でな……」

弥之助も、中里にまちがいないと思った。顔を隠した旗本らしき男を二度も見ていること、真蓮寺が中里家の菩提寺であること、寺には老僧と老いた寺男しかいないこと、闇仕置一味がひそかに出入りしていること、そうしたことを勘案すると、中里が寺にひそんでいるとみ

ていいようである。

6

翌日、弥之助は中里を確認するため真蓮寺の境内に侵入し、本堂の陰にひそんで、それらしい男が姿をあらわすのを待った。

日中だが、境内は人影もなくひっそりとしていた。ときおり周囲の杜から野鳥のさえずりが聞こえてくるだけである。

弥之助がその場にひそんで、二刻（四時間）ほどもしたときだった。庫裏の引き戸があき、人影があらわれた。

……やつだ！

頰隠し頭巾をかぶっている武士だった。小紋の小袖を着流し、下駄履きである。腰に脇差だけを帯びている。そのくつろいだ格好から、寺に仮寓《かぐう》しているらしいことが知れた。

……中里にまちがいない。

弥之助は確信した。

一度、弥之助は中里たちと神田川沿いで戦ったとき、その姿を見ていた。頭巾をかぶった男の体軀が、そのときの中里と似ていたのだ。

中里は境内に目をやった後、庫裏の脇で箒《ほうき》を使っていた老爺《ろうや》と何か話していた。老爺は寺男のようである。

弥之助は、そっとその場を離れた。これ以上、ひそんでいる必要はなかったのである。

亀田屋にもどった弥之助は茂蔵に聞き込んだことを伝えた後、岩井の屋敷へ侵入した。指示をあおぐためである。

四ツ（午後十時）過ぎだった。奥の書院から灯が洩れていた。岩井は起きているらしい。

弥之助は足音を消して廊下をつたい、書院の障子の前に膝を折った。

「弥之助か」

岩井の声が聞こえた。

「ハッ」

「入れ」

と、声がし、書物をとじる音がした。書見をしていたらしい。

弥之助は障子をあけて座敷に入り、隅に膝を折った。燭台の灯に岩井の姿が浮かびあがっていた。すでに、岩井は書見台を背にし、顔を弥之助にむけている。

「何か知れたか」

岩井が静かな声音で訊いた。

「はい、中里たち闇仕置の密会場所をつかみました」

弥之助は、これまで探索したことを子細に話した。

「中里は、頭巾で顔を隠していたか」

岩井がつぶやくような声で訊いた。

「はい、庫裏のなかにいるときも、頭巾はかぶったままのようです」

「刀傷を隠すためかもしれぬな」

そのとき、岩井は中里と戦ったときのことを思い浮かべていた。

岩井は刀をふるったとき、たしかに肉を裂く手応えを感じたのだ。そのまま中里は神田川に落ちたが、そのとき顔を斬ったのではないか。その刀傷を隠すために頭巾をかぶっているのかもしれない。

「場所は愛宕下の真蓮寺だな」

岩井は念を押すように訊いた。

「はい」

「寺に隠れていたか」

岩井はいっとき虚空に目をとめて、考え込んでいたが、

「敵の総勢は」

と、弥之助に目をむけて訊いた。

「中里をくわえて、七人確認できました」

弥之助は真蓮寺で庫裏に入っていった堂本、合田、牢人体の男、それに、ふたりの武士を目にしていた。さらに、頭目の中里と手裏剣を遣う男がいるはずである。

「七人か。一気に討つのはむずかしいな」

「ただ、七人のなかに出奔した高館藩士もいるかもしれませぬ」

弥之助は御家人か江戸勤番の藩士のように見えたふたりの武士が、高館藩士ではないかと思ったが、確信はなかった。

「いずれにしろ、味方は五人だ」

影目付はお蘭をのぞき、岩井、茂蔵、左近、弥之助、喜十である。

「一気に片付けるのは無理だ。別々に仕留めよう」

「ハッ」

「まず、中里のいる真蓮寺を襲撃する。堂本が顔を出したときがいいな」

岩井は、中里ひとりを始末すると、他の闇仕置たちは姿を消すのではないかと思った。屋敷の分かっている堂本にも、逃げられる恐れがあった。すくなくとも、中里と堂本だけは先に始末したかったのだ。

「明日の七ツ（午後四時）ごろ、愛宕下に集まってくれ。増上寺の門前に嘉月屋《よしづきや》という料理屋がある」

岩井は低い声で言った。表情は変わらなかったが、灯明を映して双眸がにぶくひかっている。影目付の頭目らしい威厳と凄みがあった。

「心得ました」

弥之助は低頭して座敷を出た。


嘉月屋は増上寺の表門通りにあった。賑やかな通りである。通りの両側には茶店や料理屋などが並び、参詣《さんけい》客が行き交っていた。

七ツ過ぎ、嘉月屋の二階の座敷に男たちが顔をそろえた。岩井、茂蔵、左近、弥之助、喜十の五人である。

「どうだな、跡を尾けられた様子はないかな」

四人が腰を落ち着けるとすぐ、岩井が訊いた。

「ご懸念にはおよびませぬ。敵には、気付かれなかったはずです」

茂蔵たち亀田屋に居住している者は、闇仕置たちに尾行されないよう離れから小径をたどり、表の通りへは出ずにここまで来ていた。

「では、弥之助、喜十、敵の動きを見てきてくれ」

岩井が指示した。ふたりは斥候役だった。真蓮寺に敵が集まっている様子を見てから、今夜襲撃するかどうか決めるつもりだったのだ。

「ハッ」

と答え、弥之助が立ち上がった。すぐに、喜十がつづく。

ふたりの姿が部屋から出ると、岩井は、

「ゆるりと待とう」

と言って、杯を手にした。岩井は弥之助から、真蓮寺に闇仕置たちが集まるのは、暗くなってからと聞いていたのだ。

かたわらに座していた茂蔵が、すぐに銚子を取って岩井の杯についだ。

岩井が杯の酒を飲み干すのを見てから、岩井たちも酌み交わしたが、当然喉をうるおす程度しか飲まない。

暮れ六ツ（午後六時）を過ぎ、座敷を灯明が照らすようになってから、まず、喜十がもどってきた。

「高館藩士がふたり、来やしたぜ」

喜十によると、山門のそばに身をひそめていたので、門をくぐるとき交わしたふたりの会話が聞こえたという。それで高館藩士と分かったそうである。

それだけ伝えると、喜十はすぐに出ていった。さらに、真蓮寺を見張るのである。

喜十が出ていっていっときすると、今度は弥之助が座敷に姿を見せた。

「お頭、堂本が真蓮寺にむかっています」

弥之助が報らせた。弥之助は堂本の屋敷を見張っていたようである。

「よし、やろう」

岩井が立ち上がると、茂蔵と左近もつづいた。

第六章　夜討ち

1

増上寺の北側から愛宕山にむかってしばらく歩くと、寺院の築地塀の間に稲荷があった。ちいさな稲荷だが樫や檜《ひのき》でかこった杜がある。人目を避けるにはいい場所だった。

岩井たちは稲荷の鳥居をくぐり、祠《ほこら》の前に集まった。戦いの準備の場をここにしようと決めてあったのだ。

辺りは夜陰につつまれていたが、十六夜の月が出ていて祠の前にも月光が射し込んでいた。提灯はなくとも、身支度はできる。

茂蔵と弥之助が、祠の脇に隠しておいた風呂敷包みを運んできた。風呂敷には鎖帷子や武者草鞋、襷《たすき》用の細紐など、戦いのための衣装や小物がつつんであった。

岩井たちはすぐに身支度を始めた。そこへ、喜十がもどってきた。

「堂本が寺に入りやした」

喜十が荒い息を吐きながら言った。ここまで、走ってきたらしい。

「他の者は」

岩井が訊いた。

「堂本と高館藩士がふたりだけです」

どうやら、今夜顔を合わせるのは、中里、堂本、高館藩士だけらしい。高館藩にどう仕掛けるか、策を練るのであろう。

「茂蔵、高館藩士ひとりは生け捕りにしてくれ」

岩井が茂蔵に目をむけて言った。茂蔵は柔術にくわえ、捕手の達者でもあった。生け捕りにするのは、もってこいの男である。

「承知しました」

茂蔵が口元に笑みを浮かべて言った。

「では、まいろう」

岩井はゆっくりとした足取りで歩きだした。小袖の袖を襷で絞り、その上に羽織を着ていた。足元は武者草鞋でかためてある。

左近と茂蔵がつづいた。左近は襷で両袖を絞り、袴の股だちを取っただけである。動きがにぶくなる、と言って、あえて鎖帷子は着込まなかった。茂蔵は鎖帷子を着用し、下はたっつけ袴である。

「先に行って様子を見てきます」

弥之助がそう言い残し、喜十とともに走りだした。ふたりの黒装束は、すぐに闇に掻き消えた。

風のない静かな夜だった。寺や武家屋敷のつづく通りに人影はなく、夜の帳につつまれている。

岩井たちが真蓮寺の山門の前まで来ると、黒い人影が走り寄ってきた。弥之助である。

「お頭、中里たちは庫裏におります」

と、小声で報らせた。

「中里は、わしにやらせてくれ」

岩井は茂蔵と左近に聞こえる声で言った。岩井は一度中里と戦い、逃がしていた。今度こそ、自分の手で仕留めたいという気持があるらしい。

「堂本は、それがしが」

左近が言った。

茂蔵が無言でうなずいた。茂蔵の相手は高館藩士で、ひとりを生け捕ることにあったのだ。

「まいろう」

岩井は山門をくぐった。すると、山門の脇で、庫裏を見張っていた喜十が茂蔵の脇へついた。

庫裏から淡い灯が洩れている。内容は聞き取れなかったが、なかからくぐもったような男の声が聞こえてきた。中里たちが話しているらしい。

岩井は庫裏の戸口に立った。茂蔵と左近が両脇につき、喜十は茂蔵の後ろにまわった。弥之助だけは庫裏の脇へ身を隠した。逃げようとする者がいれば、鉄礫で仕留めるのである。

「中里杢兵衛、姿を見せい！」

岩井が声を上げた。

と、庫裏のなかの声がやみ、辺りを静寂がつつんだ。障子に映じた人影は動かない。外の気配をうかがっているようである。

「われら闇の亡者たち、出て来ぬなら踏み込むぞ」

さらに、岩井が声を上げると、人影が動いた。

慌ただしく障子をあける音と床を踏む音がし、戸口の引き戸があいた。まず、姿を見せたのは堂本である。堂本の背後にふたりの藩士の姿があった。三木沢と村越である。そのふたりの後ろに頰隠し頭巾の男がいる。

「おのれ！　亡者ども、われらが成敗してくれるわ」

言いざま、堂本が戸口から飛び出した。

つづいて、三木沢と村越がこわばった顔で外へ出た。気が昂っているらしく、肩先が震えている。

「堂本、おまえの相手はおれだ」

左近がゆっくりした動きで、堂本の前に歩み寄った。

「うぬは、宇田川左近だな」

「いかにも」

左近は隠さなかった。ここで仕留めるという自信があったからであろう。

堂本が抜刀した。馬庭念流の手練だけあって、腰が据わり動きも敏捷だった。

左近も抜き、青眼に構えて切っ先を堂本の目線につけた。

堂本は八相に構えた。刀身を立てた大きな構えである。馬庭念流独特の足を八の字にひらいてやや腰を沈めた構えだが、どっしりと腰が据わっている。

そのとき、三木沢と村越が悲鳴とも気合ともつかぬ甲高い声を発し、本堂の方へ駆けだした。逃げようとしたのか、斬り合う場所を確保しようとしたのかは分からない。

「逃がさぬ！」

ふたりの前に、茂蔵と喜十がすばやい動きでまわり込んだ。

茂蔵は素手、喜十は長脇差である。

前に立ちふさがったふたりを見て、三木沢と村越が抜刀した。相手が素手と長脇差なのを見て、勝てると踏んだのかもしれない。

「さァ、こい！」

茂蔵が両腕を前に突き出すようにして三木沢に近寄った。

喜十は脇差を右手だけで持ち、腰を屈めるようにして村越に迫っていく。構えなどは気にもしない、喧嘩殺法である。

2

岩井は中里と対峙《たいじ》した。間合はおよそ三間半。中里は両腕を下げたまま、頭巾の間から岩井を見すえている。淡い月明りのなかで、両眼が猛禽のようにひかってる。

「まいる」

岩井は青眼に構えた。

中里はゆっくりと抜刀した。構えは下段である。切っ先が地に付くほど刀身を下げ、両足を八の字にひらいて左足を大きく引いた。馬庭念流独特の下段の構えである。

中里は足裏をするようにして、ジリジリと間合をせばめてきた。下から突き上げてくるような異様な迫力がある。

岩井は中里と立ち合い、この下段の構えとも立ち合っていたので驚きはなかったが、以前よりも構えに気魄と威圧があった。

……おそろしい敵だ！

と、岩井は思った。

おそらく、生死の境をくぐりぬけたことで、さらに剣の妙を得たのであろう。

だが、岩井は臆さなかった。岩井もまた多くの真剣勝負の修羅場《しゅらば》をくぐってきた中西派一刀流の遣い手であった。

岩井は全身に気勢を込め、切っ先を中里の目線につけて気魄で攻めていた。

ふたりの間合がすこしずつつまってくる。息づまるような緊張のなかで、全神経を敵の動きと気配に集中させていた。

中里が斬撃の間境の手前で寄り身をとめた。剣尖《けんせん》に気魄を込め、気で攻めている。

ふたりは動かなかった。痺れるような剣気がふたりをつつみ、時のとまったような静寂が辺りを支配している。

どのくらいの時が過ぎたのか。ふたりに時間の意識はなかった。やがて、中里が趾《あしゆび》を使って、ジリッ、ジリッ、と間をつめ始めた。

勝負の潮合《しおあい》が迫ってくる。

中里の右足が斬撃の間境を越えた刹那、中里の全身から鋭い剣気が疾った。

瞬間、岩井の全身がふくれ上がったように見えた。斬撃の気が全身をつらぬいたのである。

ヤアッ！

タアッ！

両者のするどい気合が静寂をつんざき、ほぼ同時に体が躍った。

中里は下段から逆袈裟に、岩井は中段から刀身を突き込むように籠手をみまった。

一合した瞬間、ふたりは背後に跳ね飛んだ。電光石火の動きである。他人の目には、ふたりの太刀筋はとらえられなかったかもしれない。

ふたりは間合を取り、ふたたび青眼と下段に構え合った。

岩井の着物の脇腹が裂けていた。かすかに血の色がある。かすり傷だが、中里の切っ先が届いたようである。

一方、中里の右の前腕にも血の色があった。ただ、こちらも皮肉を浅く裂かれただけの軽傷である。

ふたたび、中里が間合をつめ始めた。覆面の間から、中里の目が岩井を見すえていた。狂気を帯びたような異様なひかりがある。

岩井は剣尖を敵の目線につけたまま動かない。どっしりとした構えで、剣尖に気魄をこめた。

……遠間から仕掛けねば。

と、岩井は思った。

中里の逆袈裟は岩井の胴へ届いていた。一瞬迅く岩井の籠手がとらえたので、ことなきを得たが、次は斬られるかもしれない。

岩井は中里の起こりをとらえ、右手の甲を狙おうと思った。岩井は遠山《えんざん》の目付《めつけ》で敵の構えを見た。遠山の目付は剣尖にとらわれず、遠い山を眺めるように敵の全身をとらえる見方である。この目付は斬撃の起こりがとらえやすくなるのだ。

中里がすこしずつ間合をつめてくる。さらに気が昂り、痺れるような剣気を全身から放射していた。

岩井は気を鎮めた。相手の斬撃の起こりをとらえた一瞬の反応が勝負である。

中里は斬撃の間境に迫ると、さらに激しい気勢を込め、斬り込んでくる気配を見せた。

フッ、と中里の肩先が下がった。

刹那、ほぼ同時にふたりの全身から斬撃の気が疾った。

ふたりのするどい気合が静寂をつんざき、体が野獣のように躍動した。

中里が下段から逆袈裟に斬り上げ、その起こりをとらえて、岩井は刀身で側頭部を狙って払った。

次の瞬間、ふたりは背後に跳ね飛んだ。一瞬の攻防である。

中里の切っ先は空を切り、岩井の切っ先は中里の頭巾を横に切り払った。

ハラリ、と頭巾が落ちた。

月光に中里の顔が浮かび上がった。青白い月光のなかに、刀傷の痕をあらわにした醜怪な面貌《おもて》が浮かび上がった。さらに、額に血の線がはしり、流れ出た血がすだれ状に顔面をおおっていく。凄まじい形相である。

「われは刹鬼！」

唸《うな》るような声を上げると、中里は下段ではなく、やや刀身を下げた平青眼《ひらせいがん》に構えて間合をせばめてきた。一瞬迅く逆袈裟に斬り上げるための構えである。

一気に岩井との間合がつまった。

斬撃の間境に踏み込むや否や、中里が仕掛けた。唐突とも思われる斬撃だった。

踏み込みざま、低い平青眼から岩井の胴へ。

間髪をいれず、岩井が反応した。一瞬、身を引きざま、両腕を伸ばして刀身を横一文字に払った。

中里の切っ先が岩井の着物を裂き、岩井のそれが中里の首筋をとらえた。

次の瞬間、中里の首根から血飛沫が驟雨《しゅうう》のように飛び散った。

中里は血を撒きながら、その場につっ立っていた。刹鬼のような顔がさらに血を浴び、真っ赤に染まっている。

グラッ、と中里の体が揺れた。喉元からかすかな喘鳴《ぜんめい》が洩れた瞬間、中里は腰からくずれるように倒れた。地に伏した中里は動かなかった。喘《あえ》ぎも呻きも聞こえない。絶命したようである。

岩井は血刀をひっ提げたまま、中里のそばに歩み寄った。

「まさに、刹鬼……」

そうつぶやいた岩井の顔も返り血を浴びて、鬼のような面貌《おもて》になっていた。

3

岩井と中里が対峙していたとき、茂蔵は三木沢にむかって歩を寄せていた。

三木沢は目をつり上げ、切っ先を茂蔵にむけている。興奮と恐怖で刀身が揺れ、月光を反《は》射《ね》てにぶい白光を八方に散らしている。

茂蔵は両腕を胸の前に構え、ずかずかと間合をつめていく。

エエイッ！

ふいに、三木沢が甲走った気合を上げ、大きく踏み込んで袈裟に斬りつけた。相手が素手なのを見て、斬れると思ったのであろう。

瞬間、茂蔵は首をちぢめ、両肩を持ち上げるようにした。

ガッ、と金属をたたくようなにぶい音がして、刀身が跳ね返った。

「き、着込みか！」

三木沢が、驚愕に目を剝いた瞬間だった。

すばやく、茂蔵が身を寄せて三木沢の襟元をつかむや否や、その体を腰にのせて撥ね上げた。一瞬の早業である。

三木沢は腰からあお向けにたたきつけられ、喉のつまったような呻き声を洩らして失神した。

茂蔵が三木沢を仕留めるすこし前、喜十が村越に迫っていた。

切っ先の届く間合に入ると、喜十は寄り足をとめ、やや腰を沈めて両足に力を溜めた。瞬発力を高めるためである。喜十には構えも刀法もなかった。喧嘩で身につけた度胸と駆け引き、それに野獣のような迅さがあるだけだった。

喜十の隙だらけの身構えを見て、村越は甲声を発して斬り込んできた。

青眼から真っ向へ。だが、腕だけの斬撃で、するどさがなかった。

ヒョイ、と喜十は脇へ跳んだ。

村越の切っ先が喜十の肩先をかすめて流れる。村越が体勢をくずし、たたらを踏むように泳ぐところを、喜十が脇からたたきつけるように斬り込んだ。

切っ先が村越の側頭部を裂いた。頭骨が割れ、傷口が柘榴《ざくろ》のようにひらき、血と脳漿《のうしょう》が飛び散った。

ギャァッ、という絶叫を上げ、村越は身をのけ反らせたが、すぐに腰が揺れ、頭から前につっ込むように倒れた。

伏臥した村越は四肢を痙攣《けいれん》させていたが、悲鳴や呻き声は聞こえなかった。割れた頭部から流れ落ちる血の音がかすかに聞こえるだけである。

一方、左近と堂本の戦いは、まだつづいていた。すでに何合か斬り合ったとみえ、ふたりの肩先や腕に血の色があった。ただ、いずれもかすり傷らしく、ふたりの闘気に衰えはなかった。

堂本が八相に構えたまま、すこしずつ間合をつめていく。左近も青眼に構えて足裏をするようにして前へ出た。ふたりの間合は、お互いを引き合うように狭まっていく。

斬撃の間境の手前で左近の寄り身がとまった。全身に斬撃の気配が満ち、フッ、と剣尖が下がった。左近の誘いである。この誘いに堂本が反応した。

ヤアッ！

堂本は鋭い気合を発しざま、八相から袈裟に斬り込んできた。

だが、左近はこの太刀筋を読んでいた。すかさず刀身を振り上げて堂本の斬撃をはじき、刀身を返しざま、するどく籠手へ斬り落とした。神速の返し技である。

骨肉を截断する手応えがあり、堂本の右腕が足元に落ちた。

「お、おのれ！」

堂本の顔がひき攣ったようにゆがんだ。

右腕の切り口から、筧《かけい》の水のように血が流れ落ちている。

堂本は左手だけで刀を振り上げると、血を飛び散らせながら斬り込んできた。衝撃と恐怖で逆上している。斬撃にするどさがなく、動きものろかった。

左近は、すばやく体を脇へ寄せざま胴を抜いた。

ドスッという重い音がし、堂本の上体が前にかしいだ。左近の刀身が堂本の腹部を深くえぐったのだ。

堂本は二、三歩前に歩いたが、足がとまると、そのまま前につっ伏すように倒れた。堂本は苦悶に顔をゆがめ、獣の唸るような声を上げた。片腕と両足を使い、地面を這って逃れようとした。腹からあふれた臓腑が地面に引きずられ、どす黒い血の筋がついた。

「とどめを刺してくれよう」

左近が堂本に近寄り、首筋を切っ先で突き刺した。

堂本は首筋から噴き出した血海のなかに顔を埋《うず》めて動かなくなった。

左近は堂本のそばに屈み、血塗れた刀身を堂本の袖口で拭った。紅潮した左近の顔から潮の引くように血の気が消え、いつもの物憂いような表情にもどっていく。

「始末がつきやしたね」

弥之助が走り寄って声をかけた。

周囲に目をやると、岩井、茂蔵、喜十もそれぞれの敵を斃したらしく、夜陰のなかに立っていた。

4

「そやつから、話を聞きたい」

岩井が失神している三木沢の前に屈み込んだ。

茂蔵はうなずくと、三木沢の背後にまわって身を起こし、背中を拳《こぶし》でたたいた。すると、三木沢が低い唸り声を洩らして目をひらいた。気が付いたらしい。

三木沢はきょときょとと周囲を見まわしていたが、自分の置かれている状況を察したらしく、恐怖と怯えに顔がこわばった。

「名は？」

岩井が静かな声音で訊いた。

「み、三木沢繁助……」

三木沢が声をつまらせて答えた。

「そこもとに訊きたいことがある」

「も、亡者などに、話すことはない」

三木沢は恐怖に声を震わせながらも、抵抗の色を見せた。

「われらが亡者と呼ばれていることを、中里たちに聞いたか。もっとも、中里が己の名を口にしたかどうかは知らぬが」

「おまえたちに話すことなどない」

そう言って、三木沢が立ち上がろうとすると、背後にいた茂蔵が肩口を押さえつけた。強力である。三木沢は身動きできなくなった。

「そこもとたちが、高館藩を出奔し、江戸に出て中里たちとともに何をしたかも、われらはすべて承知している。中里たちに利用されて、踊らされたこともな」

「なに……」

三木沢の顔に驚きの色が浮いた。

「考えてみろ、吉崎家や高館藩の家臣を斬って、どうなると思う。いまさら、世継ぎが代わるはずはあるまい。ただ、そこもとたち脱藩者の罪が重くなるだけのこと」

「うむ……」

三木沢の顔が蒼ざめ、肩先が小刻みに震えだした。

「わしが知りたいことは、高館藩の内情ではない。そこもとたちと中里がどうして結びついたかだ」

岩井は、三木沢たちが出奔して江戸に出る前から中里たちのことを知っていたとは思えなかったのだ。

「偶然だ」

隠すようなことでもないと思ったのか、三木沢は話しだした。

江戸に出た三木沢たちが、高館藩の上屋敷を物陰からうかがっていると、そばを通りかかった堂本が近寄ってきたという。

「そこもとたちは、高館藩のご家中の方でござるか」

堂本は親しそうに声をかけた。

「そうだが」

秋本が怪訝そうな顔で答えた。

「それがしは、ゆえあって、高館藩とさる旗本の不正を探索している目付筋の者だが、もし、人違いであれば、ご無礼をお許しいただきたい。もしや、そこもとたちお三方は祐房さまの近侍をなされており、国許を捨てて江戸に出た方たちではござらぬか」

堂本の問いに、三木沢たちは顔色を失った。三木沢たちのことを、よく知っていたからである。

三木沢たちが驚愕し、言葉を失っていると、

「どうであろうか、われらのお頭と会ってはいただけぬか。事情を聞いた上で、どうするかはそこもとたちのご判断にまかせるが」

堂本が自信に満ちた声でそう言った。

そこまで話すと、三木沢は口をつぐんで岩井の反応をたしかめるように見上げたが、岩井がちいさくうなずいて先をうながすと、また話しだした。

「そのとき、われら三人は途方に暮れておりました。江戸に出れば、何とかなるとの淡い期待があったのですが、江戸藩邸の者との接触もむずかしかったのでござる。それで、われらは、堂本どのの話に乗りました」

三木沢の物言いが丁寧になった。岩井のことを、身分のある武士とみたのかもしれない。

「それで、中里と会ったのだな」

「いかにも……。われらには刹鬼と名乗っていたが、中里どのは、われらも高館藩の世継ぎは祐房どのがふさわしいとみており、さる幕閣の方の命で、祐房さまが高館藩を継げるよう働きかけているので、ともに戦わぬか、と言われたのでござる。……それを聞いて、われらは天の助けと思い、驚喜いたした。すぐに同意し、中里どのたちと行動を共にしたのでござる」

三木沢は一気に話した。いまは、中里たちに騙《だま》されて利用されただけかもしれないという思いがあるのか、顔には無念そうな表情があった。

「そういうことか」

おそらく、中里たちは板倉を通して、祐房に近侍していた藩士が出奔した情報を得たのであろう。そこで、高館藩の上屋敷近くに目をくばり、出奔した三人があらわれるのを待って声をかけた。

中里たちは三人を利用して高館藩の騒動を煽り、信明と吉崎の顔をつぶし、さらに事件の探索に乗り出すであろう影目付の殲滅を謀ったのだ。

「さて、闇仕置だが、他に何人いる」

岩井が声をあらためて訊いた。

「三人でござる」

三木沢は観念したのか、いまさら闇仕置の者たちを守る必要はないと思ったのか、すぐに答えた。

「三人の名は」

「合田馬之助、東次郎、それに新しくくわわった脇坂新兵衛でござる」

「そうか」

岩井は三人がだれなのかすぐに分かった。合田を除くと、東次郎が町人体で手裏剣を遣う男、脇坂が牢人体の男であろう。

さらに、岩井は三人の住居を訊いた。

「合田という男は南紺屋町の借家とか……。それに、脇坂は浜松町の長屋だと聞いた覚えがあります。東次郎のことはまったく知りませぬ」

三木沢が答えた。隠している様子はまったくなかった。

さらに、三木沢は、東次郎は三日に一度は、この寺に顔を出すようです、とまで言い添えた。

「さて、いかがいたそうか」

岩井は立ち上がり、思案するように虚空に視線をとめた。

三木沢の処置をどうするか、と迷ったのである。だが、岩井が迷ったのは、ほんのいっときだった。

「三木沢、腹を切れ」

岩井が低い声で言った。

このまま放免したとしても、三木沢は高館藩の追っ手に斬られるか、それとも家中の者に捕らえられて斬首されるか、いずれにしろ助かる道はない、と岩井は思ったのだ。

一瞬、三木沢の顔がひき攣り、体を顫わせて虚空を睨むように見すえていたが、

「分かりもうした」

と、声を上げると、その場に膝を折り、腰の脇差を抜いた。自分で腹を切るしか身を処する道はない、と覚悟したようである。

だが、脇差を握った手がワナワナと震え、胸元をひろげて腹を出したが、とても切れそうもない。

すると、脇で様子を見ていた左近が身を寄せ、

「宇田川左近ともうす。それがしが、介錯《かいしゃく》つかまつろう」

そう言って、刀を抜いた。

三木沢が震える手で切っ先を左の脇腹に当てた瞬間、大気を裂く刃音がし、左近の手にした刀が一閃《いっせん》した。

にぶい骨音がし、三木沢の首が前に落ちてぶら下がった。喉皮一枚残して、首を刎ねたのである。

次の瞬間、三木沢の首根から血が奔騰し、見る間に膝先の大地を赤く染めた。

5

茂蔵が合田の住む家をつきとめたのは、真蓮寺で中里たちを斃した二日後だった。南紺屋町の借家、と三木沢が話したので、探すのは容易だった。

茂蔵はさらに近所で聞き込み、合田がふたりの子供と借家に住んでいることを知った。

……だが、見逃すわけにはいかぬ。

茂蔵はかわいそうだと思ったが、合田を放置することはできなかった。ただちに、茂蔵は岩井に知らせた。

岩井は茂蔵から話を聞くと、

「左近と弥之助のふたりで討ったらどうだ」

と言った。合田が巨漢で、関口流柔術の遣い手だということを知っていたのだ。それでも、剣と鉄礫の達者であるふたりなら、後れをとるようなことはないと踏んだのであろう。

「お頭、合田はわたしに討たせてください」

茂蔵はそう言った。確かに、左近と弥之助なら、まちがいなく斃せる。だが、茂蔵は柔術を遣う者同士として勝負の決着をつけたかったのだ。

「勝てるのか」

岩井が訊いた。

「柔術の腕は合田の方が上でございましょう。ですが、てまえには捕手の術もございます」

茂蔵は捕手で遣う十手を持参しようと思った。茂蔵が遣えば、十手も刀槍以上の武器になる。しかも、相手が素手なら強烈な威力を生むはずである。

「分かった。茂蔵にまかせよう、ただし、弥之助を連れていけ。勝負を見届けさせねばならぬからな」

岩井はそう言ったが、いざとなったら弥之助に助勢させる気もあるようだった。だが、茂蔵は何も言わず、無言で頭を下げた。岩井が茂蔵の身を案じて言ったのだと分かったからである。

その日、陽が沈むと、茂蔵は合田の家から真蓮寺につづく道筋の端で待っていた。そこは合田の家から数町ほど離れた場所で、道の左右は空地と笹や雑木の密集した藪になっていた。陽が沈むと、人通りもなくなり、待ち伏せて戦うにはいい場所だとみたのである。

「子供のひとりを人質に取って、呼び出す手もありますが」

同行した弥之助が、そう言った。

「いや、今夜あたり、合田は真蓮寺へ行くとみている。ここを通るはずだ」

茂蔵が言った。

真蓮寺で中里たちを討ち取って三日目である。真蓮寺で斬り合いがあったことは、合田の耳にも入っているはずだった。

……かならず、真蓮寺に様子を見に行く。

と、茂蔵は踏んだのである。それに、子供を人質に取りたくなかったのだ。

「あっしは、やつの家の近くで見張りやしょう」

弥之助はそう言い残して、茂蔵から離れていった。

茂蔵は路傍の藪の陰にひとり立っていた。辺りはひっそりとして、人影はなかった。夕闇が濃くなるとともに風が出てきて、藪の笹をザワザワと揺らした。

弥之助がその場を離れて、半刻（一時間）ほどしたとき、こちらに向かって走ってくる人影が見えた。弥之助である。

「旦那、来やしたぜ」

弥之助は小声で報らせた。

「弥之助、離れていてくれ」

「承知」

すぐに、弥之助はその場を離れ、笹藪の陰に身を隠した。

待つまでもなく、通りの先に人影があらわれた。すぐに合田と分かる巨漢である。合田は足早に近付いてきた。

茂蔵は懐から十手を取り出した。握り柄の太い丸棒身で、先がとがらせてあった。状況に応じて敵を突けるよう、茂蔵が改良したのである。

ふいに、合田が足をとめた。路傍に佇んでいる茂蔵の姿を目にしたのだ。

「待っていたぞ、合田」

茂蔵は道のなかほどに進み出た。

「おぬし、ひとりか」

合田は周囲に目をやった。

「ひとりだ。勝負をつけようぞ」

「望むところだが、ひとりでおれに勝てるのか」

合田は焦茶の筒袖に同色のたっつけ袴だった。以前、茂蔵を襲ったときと同じ身装《みなり》である。

巨漢が夜陰のなかにそびえたっているように見えた。丸い地蔵のような愛嬌のある顔が、怒張したように赭黒く染まり、細い目が刺すように茂蔵を凝視している。

「制剛流は柔術だけではない。これを遣わせてもらう」

茂蔵は手にした十手をかざした。

「十手か。そのような物、おれには通じぬ」

言いざま、合田は丸太のような太い腕を前に突き出すように構えた。

「いくぞ!」

茂蔵は右手に持った十手をかざした。

「おお!」

合田は野獣の吼えるような声を上げ、足裏をするようにして間合をつめてきた。黒い巨岩が迫ってくるような威圧がある。

間合をつめると、合田は茂蔵の襟元をつかもうと、右腕を伸ばした。

すかさず、茂蔵は十手で右腕をたたき、身を引いた。

だが、合田はするどい気合を発し、身を寄せながら左手、右手と矢継ぎ早に伸ばしてきた。

咄嗟に茂蔵は十手で左腕を打ったが、その瞬間に右手で襟元をつかまれた。凄まじい強力で、茂蔵の体が引き寄せられる。

「喰《く》らえ！」

叫びざま、茂蔵が十手で合田の首筋を強打した。尋常な相手なら、この一撃で首の骨が折れるところだが、合田は、一瞬苦痛に顔をしかめただけである。大木の切り株のような首だった。茂蔵の十手の一撃も、厚い肉が跳ね返したようである。

オオリヤァ！

合田は猛獣の咆哮《ほうこう》のような気合を発し、茂蔵を腰にのせて投げた。空に体が浮いた瞬間、茂蔵は体をひねって、背中から落ちるのをふせいだ。背中から地面に落下し、飛び込まれて合田の巨体に馬乗りになられたら茂蔵の負けである。

ザザザッ、と笹が揺れて倒れた。茂蔵は笹藪の隅に足から突っ込んだのだ。

すかさず、合田が飛びかかってきた。黒い巨熊が、獲物に飛びつくような迫力である。

咄嗟に身を起こしながら、茂蔵は手にした十手を合田の首筋めがけて突き出した。

十手の先が合田の首筋をとらえた。グワッ、という呻き声を上げ、合田が右手で首を押さえた。その指の間から、血が音を立てて噴き出した。十手の先が、合田の首をえぐり、血管《ちくだ》を切ったのである。

噴出した血が合田の顔にかかり、真っ赤に染めた。仁王のような凄まじい形相である。

「まだだ！」

叫びざま、合田は両腕を伸ばし、茂蔵の両襟をつかんで首を絞めようとした。首筋から手を離したため、噴出した血が小桶で水を撒いたような勢いで茂蔵の顔にかかった。

一瞬、合田は両腕に力を込めて茂蔵の首を絞めたが、すぐに両手を離し、ふたたび右手で自分の首を押さえた。激しい出血に、急激に体力を奪われたらしい。顔が苦悶にゆがみ、血の気が失せて土気色をしている。

「し、茂蔵……、頼みがある」

合田は喘鳴とともに言った。巨軀が揺れている。立っているのがやっとのようだ。

「む、娘と倅を、長屋に連れていってくれ。……な、長持に金がある。た、頼む」

合田の目に、父親としての必死の思いがあった。

「承知した」

一瞬、茂蔵の胸に長年辛苦を共にしてきた同門の朋友《ほうゆう》のような情が衝《つ》き上げてきた。

「す、すまぬ……」

絞り出すような声で言うと、合田の太い首が前にかしいだ。

合田はかすかに肩を上下させていたが、それがとまると、茂蔵に胸をあずけるように倒れ込んだ。

茂蔵は合田の巨体を抱きかかえ、静かに横たえてやった。

「旦那、やりやしたね」

弥之助が走り寄ってきた。

「何とかな」

「どうしやす、この男」

弥之助は倒れている合田の巨体に目をやった。

「弥之助、手を貸してくれ。合田を葬ってやりたい」

このまま死体を放置すれば、鴉《からす》や野犬に食い千切られるだろう。茂蔵は、合田の巨体を土に埋めてやりたかった。

ふたりは、合田の死体を藪のなかに移し、十手と脇差を使って穴を掘り、死体を埋めてやった。浅い穴だが、鴉や野犬の餌食になることはないだろう。

6

菊屋の桔梗の間に、岩井たちが顔をそろえていた。岩井の他に、茂蔵、左近、弥之助、喜十、それにお蘭の姿もあった。どの顔もなごやかで、すでに酒気を帯びて赤らんでいる顔もあった。

茂蔵が合田を斃して、半月ほど過ぎていた。この夜、岩井は、事件が片付いたので慰労のために配下の者たちを菊屋に集めたのである。

「これで、闇仕置は壊滅したわけだな」

岩井が杯を手にしたまま満足そうに言った。

茂蔵が合田を討ち取った翌日、左近と喜十のふたりで脇坂を始末していた。もっとも、斬ったのは左近で、喜十は弥之助と同様、勝負の見届け役として同行しただけである。

脇坂は三木沢が話したとおり、浜松町の長屋にひそんでいた。脇坂を探し出すのに、そう手間はかからなかった。牢人のひとり住まいに的を絞って浜松町で聞き込むと、すぐに脇坂の所在が知れたのである。

左近と喜十は、脇坂が陽が沈むと近所の一膳めし屋に酒を飲みに出ることが多いことを聞き込み、その帰りを待ち伏せた。

脇坂はなかなかの遣い手だったが、左近の敵ではなかった。

左近は脇坂が籠手に斬り込んできた切っ先をはじき、一瞬の隙をついて袈裟へ斬り込んだ。

左近の斬撃は脇坂の胸を浅く裂いた。

この一合で、脇坂は平静さを失い、体勢をくずしながら強引に袈裟へ斬り込んできた。その切っ先をかわしざま、左近は真っ向へ斬り下ろした。

一太刀だった。脇坂の顔が割れ、血達磨《ちだるま》になって転倒した。


一方、茂蔵たちは東次郎の行方を追っていたが、なかなかつかめなかった。東次郎は警戒したらしく、真蓮寺にも姿を見せなかったのである。

やっと、東次郎の所在をつかんだのは、五日前だった。

その日、茂蔵は南紺屋町にある合田の家へ出かけた。すでに、娘と倅は以前住んでいた長屋にもどっていたが、茂蔵が合田の代わりになって借家の持ち主に引き渡すために出かけてきたのである。

その帰りに、茂蔵は東次郎らしき男が借家の方に歩いてくるのに気付き、急いで路傍の灌《かん》木《ぼく》の陰に身を隠した。男は黒の半纏に黒股引、道具箱までかついで大工になりきっていたが、東次郎にまちがいなかった。

茂蔵は一度東次郎と顔を合わせていた。そのときは、東次郎が頬っかむりで顔を隠していたが、茂蔵の記憶に東次郎の体軀や身辺にまとった雰囲気が残っていたのだ。

幸い、東次郎は茂蔵に気付かず、そのまま借家にむかい、生け垣越しに家の様子をうかがっていた。その後、合田がどうなったのか、確かめに来たらしい。茂蔵たちが合田を斃し、死体を土中に埋めたことは知らないのだ。

茂蔵は、借家のそばからもどってきた東次郎の跡を尾けた。茂蔵は尾行も巧みだった。通りを行き来する人影や物陰を利用して尾けていく。

東次郎が帰ったのは、麻布《あざぶ》谷町の長屋だった。愛宕下から西に歩き、大名屋敷のつづく通りを抜けると町家の並ぶ谷町へ出る。その谷町へ入ってすぐの裏路地に長屋はあった。

長屋の名は八兵衛店《はちべえだな》。翌日、茂蔵はあらためて出かけ、八兵衛店の近所で聞き込むと、東次郎は大工という触れ込みで三年ほど前から住むようになったという。

東次郎を待ち伏せたのは、弥之助と喜十、それに念のために茂蔵と左近も同行した。大勢で待ち伏せたのは、忍びの術を心得ている東次郎を取り逃がすと、次に行方を探すのがむずかしくなるとみたからである。

八兵衛店を出てすこし歩くと、畑や笹藪などのつづく寂しい場所があった。弥之助たちは、そこで待ち伏せることにした。

東次郎が、いつごろその路地を通りかかるか、はっきりしなかった。ただ、路地の先に一膳めし屋とそば屋があり、近所の聞き込みから東次郎がめしを食いに、その路地を通るという情報をつかんでいた。

弥之助たちが、その場にひそんで一刻（二時間）ほど経った。暮れ六ツ（午後六時）を過ぎ、辺りは夕闇につつまれていた。静かな夕暮れどきである。西の空に血を流したような残照があり、まだ明るさは残っていた。

「来やしたぜ」

喜十が声を殺して言った。

通りの先に、黒い人影があった。東次郎である。黒の半纏に黒股引、道具箱は持っていなかったが、茂蔵が尾行したときの姿である。東次郎は足早に弥之助たちがひそんでいる場所へ近付いてくる。

東次郎が、弥之助のひそんでいる笹藪の前を通りかかった。

ふいに、弥之助が鉄礫を打った。

一瞬、東次郎がのけ反った。鉄礫が脇腹に当たったのである。

次の瞬間、東次郎の黒い体が狼を思わせるような俊敏な動きで前に跳び、道端の叢で一回転し、そのまま丈の高い雑草のなかに飛び込んだ。

その雑草のなかに、つづけざまに弥之助の鉄礫が打たれた。黒い人影が動き、雑草が揺れ動いた。東次郎が鉄礫を避《よ》けようと、地を這っているらしい。

そのとき、喜十が、ひそんでいた笹藪の陰から勢いよく飛び出した。手に長脇差を振りかざしている。

「おめえの命は、おれがもらったぜ！」

叫びざま、喜十が黒い人影のある雑草のなかに突進した。

東次郎が、むくりと起き上がった。小刀を手にしている。喜十が接近し、手裏剣は遣えないと判断したようだ。

東次郎は腰を屈め、小刀を前に突き出すようにして身構えていた。その顔が苦悶にゆがんでいる。脇腹に受けた鉄礫のせいであろう。

喜十は東次郎のそばに駆け寄る否や、

「死ね！」

と、たたきつけるような斬撃をみまった。構えも、牽制もなかった。しゃにむに相手に斬りかかるだけの喧嘩殺法である。

東次郎が、その斬撃を小刀で受けた。だが、強い斬撃に押され、体勢がくずれてよろめいた。

喜十は嵩にかかって斬りつけた。刀身のはじき合う甲高い音がひびき、怒号と気合が聞こえた。ふたりの姿が叢で交錯し、白刃がひらめく度に斬られた雑草が夕闇のなかに飛び散った。

喜十の方が攻勢だった。東次郎は脇腹に負った傷のためか動きがにぶい。やっとのことで、喜十の斬撃から逃げている。

ギャッ、という絶叫とともに東次郎がのけ反った。かわしきれず、喜十の斬撃を袈裟にあびたのだ。

のけ反った東次郎に、喜十がさらに追い討ちをかけた。体ごと突き当たるようにして突きをみまったのである。

喜十と東次郎は体を密着させたまま動きをとめた。長脇差の切っ先が東次郎の背から突き出ている。

いっとき、ふたりは体を合わせていたが、喜十が肩で東次郎の胸を突いて身を引くと、東次郎は後ろへよろめき、尻餅をつくような格好で転倒した。東次郎は叢に仰臥したまま動かない。息絶えたようだ。

喜十のそばに、弥之助、左近、茂蔵が集まってきた。

「ヘッへへ……。あっしもひとりぐれえ殺らねえと、格好がつきませんや」

そう言って、喜十は顔に浴びた返り血を手の甲でこすった。

7

「茂蔵、それで、合田のふたりの子はどうしたな」

岩井がお蘭についでもらった酒を飲み干してから、茂蔵に顔をむけた。

「堀江町に以前住んでいた長屋がありましてね。そこへ、ふたりを連れていきました」

茂蔵は合田を斃した翌日、南紺屋町の借家に出かけた。そして、ふさと庄助に会い、

「わたしは合田どのと関口流柔術をともに学んだ者だが、合田どのに、ふたりに長屋にもどって暮らすよう伝えてくれ、と頼まれましてね。こうして、うかがったのです」

と、話した。

「父はどうしたのです?」

ふさが蒼ざめた顔で訊いた。かたわらで、庄助も不安そうな顔をして茂蔵に目をむけている。昨夜、合田が帰らなかったので、姉弟は心配して待っていたにちがいない。

「合田どのは、火急の用件で遠方へ行かねばならぬ、ともうされておりましたが、くわしいことは、わたしにも分かりません」

いつか、合田の死に気付くかもしれないが、いまはこう言うより他になかった。

「ち、父は、どこへ行ったのです」

ふさが声を震わせて訊いた。強い不安にくわえて、茂蔵に対する不審もあるようだった。無理もない。見ず知らずの男が突然訪ねてきて、このようなことを言われ、信じろという方が無理である。

「遠方ともうされただけで、わたしには分かりませんが」

「…………」

ふさが不安と不審に顔をゆがめて口をつぐむと、庄助が、

「父上は、帰ってこないのか」

と、泣きだしそうな顔をして訊いた。

「帰ってくるでしょうが、いつになるかは、わたしにも分かりません。いずれにしろ、合田どのは、ふたりで長屋へ行って暮らすよう、強く言ってましたよ」

茂蔵には、それしか言えなかった。

「父に何かあれば、長屋へ行くようにと前から言われてましたけど……」

ふさは、戸惑うように言った。半信半疑なのであろう。

「そうだ。この家に長持があるでしょう」

茂蔵が訊くと、ふさはちいさくうなずいた。

「そのなかに、金子《きんす》があるはずです、合田どのが、そう言ってましたから。確かめてください。そこに金子があれば、わたしの言うことが信じられるでしょう」

茂蔵がそう言うと、ふさはきびすを返して上がり框《かまち》から板敷きの間へ上がった。庄助が慌ててついていく。

いっときすると、ふさが風呂敷包みを大事そうにかかえてもどってきた。庄助は顔をこわばらせて、その包みを見つめている。

「あ、ありました」

ふさが声をふるわせて言った。

大金にちがいない。合田は闇仕置の仲間にくわわることを条件に、相応の金をもらったのであろう。

「いいですか、その金子をだれにも見せてはいけませんよ。しゃべってもだめです。ふたりの金だが、すこしずつ使うのです。いいですね」

茂蔵は語気を強くして言った。女子供が大金を持っていることを知れば、かならず奪おうとする者があらわれるはずだ。

「は、はい……」

ふさが、風呂敷包みを抱えたままうなずいた。茂蔵の話を信用したようである。

それから、茂蔵はふさから話を聞いて、堀江町にある久兵衛店に姉弟を連れていき、親戚筋の者だと偽って大家や長屋の住人に会い、ふたりが長屋に住めるよう手配したのである。

「ときどき、ふたりの様子を見てやりますよ」

茂蔵が照れたような顔をして言った。肉親のいない茂蔵は、合田の遺児に特別な親しみを覚えたのかもしれない。

「お頭、高館藩はどうなりました」

弥之助が訊いた。

「平穏だ、何事もなかったかのようにな」

そう言って、岩井は口元に苦笑いを浮かべた。

岩井によると、真蓮寺で発見された三木沢と村越の死体は、騒ぎにならぬよう高館藩で引き取ったが、脱藩者が江戸の無頼の徒と争い、斬り殺されたことにして処理したという。

一方、中里と堂本は家人の手で引き取られたが、幕府には病死として届けられたそうである。幕閣の忠成や板倉の圧力があったらしく、御目付も中里と堂本の死に関して、特別な探索はしなかったという。

「伊豆守さまも、目をつぶっていたようだ。なにせ、下手に探索されれば、われらが下手人であることが露見するかもしれんからな」

岩井は、その方がわれらも都合がよかったのだ、と小声で言い添えて、膳に置いた杯に手を伸ばした。

すると、お蘭が銚子をとって岩井の杯に酒をついだ。

「黒幕の水野や板倉は無傷なのか」

弥之助が不服そうな顔をした。

「そうとも言えんよ。此度のことで、岸山柳史郎が隠居願いを出したそうだ。出羽守さまと板倉さまは、岸山からたぐられるのを恐れて、いち早く手を切ったにちがいない。それに、出羽守さまや板倉さまは闇仕置という影の組織を失い、いままで以上に、われらの存在に怯えることになるだろう。伊豆守さまにも、表だって逆らえなくなるはずだ。……それが、伊豆守さまの狙いでもあったのだ」

そう言って、岩井はうまそうに杯の酒を飲み干した。

それを見たお蘭が、さァ、みなさんも、やってくださいな、と艶のある声で言うと、茂蔵たちも酒をつぎ合い、杯をかたむけ合った。男たちの笑いが起こり、座が急に華やいだ雰囲気につつまれた。

この作品は書き下ろしです。原稿枚数383枚（400字詰め）。

影目付仕置帳《かげめつけしおきちょう》

われ刹鬼《せっき》なり

鳥羽亮《とばりょう》

平成19年6月10日　初版発行
平成20年1月31日　2版発行

発行者――見城　徹
発行所――株式会社幻冬舎
〒151-0051東京都渋谷区千駄ヶ谷4-9-7
電話　03(5411)6222(営業)
　　　03(5411)6211(編集)
　　振替00120-8-767643
印刷・製本―図書印刷株式会社
装丁者――高橋雅之

幻冬舎文庫

ISBN978-4-344-40969-9　C0193　と-2-12